推薦序之一

我與吉純第一次會面是在開滿鳳凰花的成功大學校園。當時承蒙林朝成老師邀約，擔任吉純的碩士論文口試委員。

吉純選擇梁寒衣爲其研究主題。其論文除了對梁寒衣的文字進行深入的分析之外，吉純更是對梁寒衣的生活哲學與內心世界進行深度的探索。當時論文答辯的問題，常聚焦於梁寒衣文字背後的精神內涵。在回答這些問題時，吉純的眼中，有種想對生命進行更高層次探索的光芒。同樣地，對我而言，佛學以及佛教文學的研究，不只是理性概念的文字思辨，更是一種對生命的可能形式與可能高度的問與答。

由於吉純和我，對學術研究與生命探究有同樣的熱情，我們又相聚了幾次。一起吃飯，喝咖啡，甚至共事。這期間，我常感嘆於吉純對人對事的珍惜與眞情付出，覺得簡直就是個「今之古人」！

在寂靜的夜半燈下，吉純收集的多種乾燥花瓣，混合為獨特的香氣，朝我無聲襲來，潤我心扉。也讓我得以瞥見，平時開朗歡快的吉純，一路走過何種庭園，花徑，甚至泥濘，直至走走向與我路徑交會的此時此刻。

讀完《盒子》一書的第一篇〈寫信〉，即點明了此書性質。文中敘述「寫信」這個書寫活動，如何讓靈動渴求的視野，由其生活的南國一隅，透過「薄薄的信紙，讓我的夢想長出翅膀」，跳脫至遙遠的龜山島、對歐洲文化的嚮往等與世界的連動。雖然在〈寫信〉結尾，作者惋惜地感嘆寫信這種人與人之間交流的「那流動書寫溫度的文字，已經在時代的長河中湮沒流逝了」，但細讀全書，吉純似乎是在把記錄人生繽紛風景與人性良善與美好的花瓣，連同塵世難以避免的污泥，以一種美好的溫度，精煉為給自己的一封封書信了。

在這段收集不同花瓣的旅程中，前幾段行程的基調，閃耀著如屏東南國一般金光外溢的歡快與恣意，也洋溢著如莫札特快板一般的活力與愉悅。無論是描繪小乖搖尾陪姊姊回家的定格畫面，或是與父親到山區學生家訪後，羨慕那鮮活生命力而在自己牆上掛上弓箭，抑或是參加校外寫生比賽不服輸時別出心裁的策略，甚至是描述年幼時幾乎附近每個孩子都曾跌入糞坑的滑稽畫面，每每令我讀到捧腹大笑——怎麼會有這麼一個天馬行空的生命天才？

對於這幾篇的閱讀，我最強烈的印象，定格在刻意從制服裡拉出來，捨不得脫掉的橘色洋裝蝴蝶結上。那個有著橘色蝴蝶結的女王，在操場上揚揚得意的神態，令我忍俊不住笑出聲來。也爲這時期的歡快張揚，寫下最鮮明的一筆。

其中有幾篇文章的標題，常給我意外的轉折與驚喜。如「祕密」一篇，由爺爺爲自己保密之童年事件談起，但讀後的印象，卻是那個在樹下講古與錄下自己講古，頭戴紳士帽的老者。

〈黃昏的市場〉一文，主題是對父親的回憶。此文結尾的問題「我覺得爸爸最愛看我笑，但是不知道爸爸的心裡，都想些什麼呢？」也構成本書的另一個相當重要的主調。吉純從父親如何分發到屏東任教，村民自發建造房屋希望父親留下來繼續服務，敘述到父親在村中扮演重要角色。特別是〈我的鋼琴夢〉一文中，父親爲其實現夢想的細膩描寫，全書處處都流露出其與父親的深厚感情，與對父親的深刻懷念。

作者旺盛的生命力，與充沛的學術能量，雖然最終得以展翅高飛，然而期間也承受過社會的挫折與生活的磨練。感謝這些磨練，使得這個細膩而感性的生命，找到了乘風向上的氣流。

祝福吉純往後的一路，常有善知識與快樂相伴。也祈願那個有著橘色蝴蝶結的女王，不斷的跟我們分享她的生命熱量。

中華佛學研究所副研究員
曾任新加坡漢傳佛學院副教授兼學術副校長
王晴薇

推薦序之二

常常讀到一些學生的散文，好雖好，但總是故作姿態，在密不透風的文字表演中，呼吸濁重遲滯，令讀者缺氧。明明一顆年輕的心，卻使用老者世故的腔調與眼光，且成爲一種普遍的現象。

我希望他們可以打開窗戶，學習風的流動，感受日光的輕盈，那樣的文字清暢自然，即使寫的是生命的不堪與沉重。我以爲的文學上品，即是舉重若輕，從平凡見深刻，以日常肩負永恆。

因此閱讀吉純的首本散文集《盒子》，便是一件開心的事。

吉純接受了中文系四年古典文學的訓練，什麼七寶樓台、鋪采摛文沒見過？然而吉純卻選擇了最純粹最乾淨的文字，作爲其美學追求的鈐記。

記得修課的時候，吉純總是最用功的學生，即使是二度念大學，有沒有拿到學位證書其實無關緊要，她仍張著炯炯的雙眼，珍惜能坐在教室上課；考卷也令人印象深刻，課堂的重點之外，也善於加入自己的看法；系上辦全校詩詞吟唱比賽，她一上台氣勢凌人，談笑之間冠軍入袋；後來考進成大研究所，研究梁寒衣的佛教書寫，更上層樓。

勢必將詩書內化於胸臆，認眞爲學，才能有如此的表現。

如今桌上一疊《盒子》的初稿，我感受了吉純的文字之美、情感之眞摯，更讓人感動的是字裡行間的「人」味。

散文貴有人味。極善良與極邪惡，那是童話故事的世界；而現實的情況是，人多少都有一些矛盾與掙扎。

〈黃昏的市場〉中，父親經濟拮据，先是說不要亂買，卻依然為愛女購買了小公主夢幻洋裝，喃喃自語說一定會被妻子念，「我坐在爸爸機車後頭，一路吹風一路唱歌，輕撫戰利品，開心得不得了，根本沒在意爸爸襯衫上媽媽縫線精巧的補丁」。父親明知會被罵，其實女兒當然也知道襯衫上的補丁，這對父女遂在冒險、內疚、滿足之間擺盪，那騎車回家的畫面，暗湧著許多情感。

《盒子》裡的情感豐富而內斂，點睛即收，我特別喜歡〈天竺鼠與印度男孩〉。一隻遭棄養的天竺鼠，讓作者黏滯了腳步，這時代「誰能替誰照顧誰呢」？然而心懷慈悲，女孩依然自願承擔了責任，硬是幫天竺鼠找到了新主人——不返鄉的印度男孩。假期結束，男孩說天竺鼠死了，兩人同表愧疚。男孩「神色慌張，吞吞吐吐」，愧疚照顧不周；而女孩愧疚的是，把責任丟給了男孩。「他激動泛淚的表情讓我覺得他比天竺鼠還無辜」，這兩顆美好的心靈交會，此中有人，呼之欲出。

而寫得最好的當是〈師者〉。沉默的父女之間，往往一個眼神就能心領神會。女兒發現父親的目光停在成大中正堂前一個畫著學士帽的告示牌上，「他多麼渴望參加我碩士班的畢業典禮」之餘，那也是父親自己未竟的夢。「我穿著碩士袍，蹲在父親膝下，時光悠然凝駐，久違了，父親的笑」，多麼迷人的描寫。

感謝吉純打開了盒子，讓我看見一枝清揚的筆，一顆純眞的心。

東吳大學中國文學系副教授

鍾正道

自序

這個世界並不完美，我們自己也是一樣。

數不清的昏沉歲月，妄想紛飛，像掉到沼澤地裡愈陷愈深，卻等不到誰可以給我一根樹枝，讓我從幽黑陰暗的爛泥中脫身。

不是沒有良善的身影出現，是黑夜還沒有走到盡頭。

嗜睡的日子，忘了吃飯，躺在不被留意的角落，念護專的女同學，爲我端來一碗熱騰騰的白米飯加荷包蛋。操作電腦開始成爲生存必須技能時，那個笑起來有梨渦的女孩，伸出雙手解救了總是慢時代一拍手足無措的我。

溫暖總是存在。

我最介意，其實是來不及說對不起，以及再沒有機會說謝謝的。

落難時順手砸石頭的，哭泣時大剌剌迎面訕笑的，儘可能忘了吧。

如果經歷的生命，像花開過了，那我會拾取最美麗的，風乾它們，然後收藏在盒子裡。而那些殘敗的、枯萎的、變形的、嚙咬出傷痕的，讓它們全都化爲春泥。

我珍愛裝著花朵的盒子。

每當這個盒子打開時，都有芳香迴盪，像遊走在玫瑰園或薰衣草田那樣，讓人可以靜靜地閉上眼睛，甜甜地微笑。

目錄

寫信

很久以前的那一天，媽媽問我捨不捨得剪掉心愛的髮辮，我凝然不動那麼一會兒，眼裡有一些淚光。當我下定決心時回答時，感覺心中翻騰著悲壯的浪潮。我知道如果要上學，就必須讓自己每天甩動的棕褐色麻花辮子截斷，頭上戴著一頂傻氣的西瓜皮，這就是那個時代鄉下小學生必須遵守的規則，誰也不能違抗。

幸好，在學會寫字之後，我很快忘了當時的悲傷，世界還是爲我開了一扇窗。我開始看故事書，也開始寫信。

小學三年級，我寄出第一封自己寫的信，收件人是年長我十餘歲的堂哥。過年團聚時，他曾經告訴我住在眷村的小故事，我覺得他和善又幽默，最重要的是，他家位於中壢，對住在屏東的我而言，是夠遠的。

卡通圖案的信紙，雖然鋪滿歪歪斜斜的字體，也是我認認眞眞忖度後一筆一畫寫出來的，但是，不知道一個已經在社會上打滾多年的大男生，會不會覺得小女孩的信件只是胡亂塗鴉？

一星期之後，郵差喊了我的名字，果眞是我的信。

這位成熟年歲的男子，如此貼心用了相當淺顯的字句，較難的字還採取注音，在十行紅色條紋信紙上，說著我們在鄉下互動的情景，同時，附上一張以龜山島爲背景的照片。我咧著嘴大笑，收到信的滋味眞是太美妙了。

全家擠成一團觀看著我的「收穫」，都說堂哥眞是好人，而且字又整齊又漂亮。

接下來，我有了新的想法，住在台北的表妹，來鄉下玩時會和我一起吃飯睡覺，而且我從小就穿她的二手衣長大，聲氣相投的親切感無與倫比，於是，我們就這樣魚雁往返許多年，直到變成少女。

同班同學的表妹也住台北，我們未曾謀面，充滿交筆友的想像。有一回她來南部，按地址找到我家，毫無懼色地跟我的爸媽問候，邀請我一起去看電影。我們坐公車到鎮上看了「阿瑪迪斯」，回程還像文藝青年般討論劇情和感想。後來雖然斷了音訊，但是那場電影氛圍帶給我的薰陶力量，竟足以大筆暈染我對古典音樂以及歐洲音樂家的幻想畫面。

鄰居金花姐姐知道我會寫信，建議可以向廣播電台索取明星照片。這個行動，又打開了我的新視野，以此類推，任何單位、任何人物，都是我們可以碰觸的對象，從此我明白，信件，是讓彼此交會的媒材，貼上郵票，就好似看到一條透明的絲線，牽繫起另一頭的事物，然後在心湖泛起漣漪，甚至是捲起驚濤駭浪。

我開始在報社投稿、參加有獎徵答活動、對電視台兒童節目的主持人提出問題……薄薄的信紙，讓我的夢想長出翅膀。

寫信到某活動單位索取豌豆試種那一次，令我難忘。一包綠色精巧的豆子，撒在花園裡，沒幾個星期，就長成嫩青色的苗，我將即將要彎下腰的莖扶好，插上一根根竹枝讓它們蜿蜒攀爬。一個月後，它們眞的像傑克的魔豆一樣往天空直衝而上！從此每天放學必定火速前往觀察——超越大理花的高度了沒？超越含笑花的高度了沒？直到，媽媽整理花園時大剌剌揮舞鐮刀，所有非花族類皆被盡除。痛哭一場，魔豆事件終於落幕。看著媽媽愧疚的表情，我只好收拾情緒，回到現實人生，我知道她太多雜務了，根本忘了我的魔豆。

國中後比較少寫信了，生活裡除了考試幾乎再無其他。但是有一天學校竟廣播要我領取掛號信——陌生的地址、娟秀的字跡。究竟是誰呢？好奇心伴隨心跳聲，小心翼翼拆開信封，裡面有著我剛領取到的身分證！一張大人專用的紅條紋十行信紙上頭，告訴我他在何地撿到我的證件，因爲認爲很重要所以掛號寄到學校給我。很感激他在爸爸未發現我的糊塗火山爆發前幫我解決問題，所以我寫了一張卡片深深感激他。他認爲懂得寫卡片道謝的孩子很懂事，家教甚好，又回一封信，說他是蜜餞工廠的老闆，歡迎假日和同學一起參觀品嘗。這封信被生活枯索無味的全班女生傳瘋了，都說這個老闆一定非常帥，名字浪漫字又好聽。但是，我怎好意思帶一群人去吃蜜餞呢？從此，經過地址上指示的那家蜜餞工廠，都勾勒出一幅長腿叔叔的樣貌，總想著也許有一天……

最尷尬的書信事件也發生在那段時期。我從一位轉學來的同學小學畢業紀念冊上，發現一個形象清新的女生，長髮披肩標準瓜子臉，甜甜笑容更是我心目中最理想的少女形象。基於從小交筆友的資深經驗，立刻寫一封信給她。她很快回信了，最末一行羞赧地表示，這是她第一次跟男生通信，算是一種冒險，以及對父母的小小背叛。但，我明明是女生啊！是否因爲很少有女生因爲另一個女生的可愛而展開書信行動，加上我的名字有些中性味道。

當我回信告知自己同爲女兒身時，接到一通電話，確認說話的是我本人後，她無法置信，「你眞的是女生……」啜泣的聲音，讓我不知道如何安慰她才好。想像，會讓人以爲自己的以爲是眞的。也許，蜜餞工廠的老闆一點也不帥。

我慢慢長大了，電子郵件逐日取代手工書寫，那些曾經蒐集尙未用完的各種信箋，逐漸泛黃，美麗的畫面開始模糊。當郵差再度按鈴，呼喚我的名字，往往只是信用卡或是正經八百的文件之類，信箱裡堆疊如山的，則是氾濫到難以收拾的廣告信。

那流動書寫溫度的文字，已經在時代的長河中湮沒流逝了。

小乖

小乖來我們家那天，真是太令人驚喜和意外了，大家爭相摸牠柔軟的乳白細毛，剛上小學四年級的我更抱在懷裡不肯放下來。

不過是一下午光景的事，世界就變得如此有趣。

我們家，竟然有了一隻小狗。

明明是個平凡的日子，爸媽不過是心血來潮騎著機車去市區找三叔聊天，發現他們鄰居那位單身漢家裡生了一窩小狗，好奇探視，看見其中一隻雪一樣白的小狗搖搖晃晃奔跑著，兩人都好喜歡，嬸嬸見狀，立刻熱心地向鄰居懇求出養。

這隻小狗是狐狸狗和土狗混血所生，有狐狸狗的帥氣，也有土狗的結實和抵抗力，外貌上非常討喜，也不像純寵物狗那樣必須費心照顧。剛到我們家的時候，牠還怯生生地喝著牛奶，但是很快就自主學會看家的本事，接著更無師自通練就了跳高以嘴巴攫獲食物的技能，排泄時更懂得找個土壤肥沃之處挖洞掩埋，一旦生病就去田野找嫩草自我療癒，可以說幾乎不帶給我們煩惱。

小乖雖然看不懂時鐘，但是生理時鐘超級準確，每到下午六點，牠便主動奔跑到附近公車站等候我的三姐。黃昏時的光線總帶點橘紅色，映照著雪白小狗趴在站牌下的專注身影，眞像一幅名畫。不多話的三姐，倒是願意和小乖聊天的，淡淡憂愁的高中生和一隻狗搖尾陪她回家的畫面，恍若電影裡刻意拍出來的溫馨鏡頭，隨時定格都是經典。

小乖洗澡的時光，我們都喜歡參與。看著牠蓬鬆的白毛服貼身上，一下子瘦了好多，煞是有趣。瞇著眼睛扭擺屁股既怕水又樂於清涼的模樣，讓大家都想圍攏過來幫牠加油打氣。陽光下，牠甩起水花可達數公尺遠，好威好酷，透過晶瑩水珠潑濺速度，可以明白牠有多麼健壯。

也不知道爲了什麼原因，我們家後來多了一隻小黑狗。不料，狗與狗之間是會爭風吃醋的，從此牠們兩個吃飯的銅碗，整天匡啷匡啷響，有事沒事就互相嚙咬對方，滿地都是一撮一撮的黑毛與白毛。但卽便如此，當那隻叫做皮皮的小黑狗，因誤食田間的農藥不支倒地那刻，機警的小乖依然飛也似地返家咬住我的裙角，不停地示意我往水稻田方向奔去，那焦急不已的神態眞令我心慌，只得跟著牠奔跑在碎石小路上。天啊，皮皮口吐白沫以外身體還不斷抽搐，這能救得回來嗎？我們兩個掉頭再度奔跑，呼叫大人。但一切爲時已晚，皮皮身體都僵掉了。我和小乖靜默地在一旁觀看皮皮的軀體裹起來被送出家門，都感受到彼此的哀傷。小乖傷心的時候走路會特別沉緩，眼神也會失去神采，牠其實是很感性的一隻狗。

而牠自己，也遇過幾次劫難，一個性格蠻橫的農人經過我們家，因爲不滿小乖對陌生的他汪汪叫，順手拿起鐮刀一揮，重重砍在小乖的後腿。牠一跛一跛走進家門求助時，沿途都是怵目的鮮血。幸虧塗藥包紮後不久，牠的肌肉很快又長出來了，從走路的英挺姿態而言，幾乎看不出曾經受傷。

後來，牠不知在哪裡染上蝨子，成天不舒服地搔著抓著，我們全家人只得每天幫牠揪出那尖牙利嘴的血紅蝨子，每當扯出扎進牠皮膚裡的蝨蟲時，牠總痛得皺起眉頭，牙關咬得緊緊。牠完全明白我們在幫牠，硬漢般地堅忍，毫不退縮。本來養土狗是不必上寵物店的，不得已我們到鎮上寵物店去買了抗蝨的洗狗精，那價錢可真令我們這些鄉下人咋舌。幸好漸漸有好轉，小乖又是白白淨淨的一條好漢。

八〇年代，村子熱鬧起來，我們家旁邊的空地竟也開始挖地基準備蓋洋樓，小乖就是在這時候踩空跌落地基坑洞裡的。吃飯時間還沒回家，爸爸都會對貪玩的牠發脾氣，小乖非常清楚這一點，所以當爸爸到處尋找未歸的牠時，牠真是不敢出聲的啊。我們找了整整兩天，都不知道哭了幾次，終於，在第三天時，我聽到小乖柔弱的啜泣聲，順著微弱聲音尋去，原來牠就在離家那麼近的地方，只是深陷在停擺幾天的工地坑洞裡。我大聲呼叫求助，不但家人都來了，左鄰右舍也聚集了。隔壁阿伯拿出他家的梯子扎進地基洞穴，大家都往洞裡喊小乖。住在附近的一位壯漢幫忙爬下去抱出白絨絨的身軀時，小乖已經氣若游絲，我們全家忙著給牠喝牛奶吃流質食物，並摸著牠成年後粗厚的白毛，喃喃對牠說以後不要亂跑要小心照顧自己之類的話。牠逃過生死劫難重獲生機，心中恐怕是百感交集的，一邊吃食物一邊舔著我的手背，彷彿千言萬語都聚集在這靜默的片刻裡了。

後來，在一個誰也沒料到的寂靜下午，老邁的小乖拖著疲乏的腳步從我們家到對街找朋友，一個沒留神的瞬間，一輛卡車撞上了牠，當場昏厥後再也沒醒來。

那段日子，我們姐妹都在外地讀書、工作，小乖是家裡唯一的孩子，是牠陪著空巢期的爸媽度過寂寞時光的。當鄰人呼喊著小乖倒在路邊的消息，媽媽除了驚愕，眼中更飽含淚水。她努力沉住氣，找了一個厚實的紙箱，鋪上一些稻草，輕輕置放小乖，然後騎著腳踏車，載著陪伴我們十多年的毛小孩，繞著村子外圍尋找一塊乾淨的土壤，爲牠一鏟一鏟挖出安眠之地。

小乖的身影從此消失了，但凡是發生過的事情，只要在乎，一幅幅的畫面便會永遠留下。

我們曾經有一隻很棒的狗，牠的名字叫做小乖。

兩個坑

打從有記憶開始，家裡就不是「我家門前有小河、後面有山坡」那樣優雅，更不像祕密花園一般美麗，而是有著兩個又大又臭的糞坑蹲踞其中，日日與我們相對。說它臭其實也是久而不聞其臭，我們全家從沒嫌棄過它們，大人小孩從中獲得的樂趣還各自不同呢！

你會問，糞坑有何趣味可言呢？這得放在當時的時代背景中來想像。在經濟剛要起飛的七〇年代，家家戶戶男女老幼能勞動則勞動，自然萬物皆可成為生財工具，我們家便是以這兩個糞坑作為貼補家用的經濟來源，水肥載滿一車可以頂得過一段時間的開銷。

這兩個糞坑，其中一個是裝豬糞，另一個則是塡牛糞，前者是家中豢養的豬仔們日積月累的成果，後者則是奶奶每天拿著長鍬和竹篋彎腰撿拾的結果。說來眞不可思議，只要有恆心，積少成多聚沙成塔的工夫總在不知不覺中達成，一年到期，一輛卡車，接著又一輛卡車，就這樣承載滿滿的「歲月」，熱鬧滾滾地轟隆轟隆揚長而去。

池塘露出底線，對孩子而言顯得既巨大又深邃，理性上來講，跌下去可不得了，但偏偏幾乎每個孩子都跌過。詭異的是，誰也記不清渾身沾滿濡濕的牲畜糞便是什麼滋味，鄉下孩子有的是跌跤弄髒沾屎沾尿的機會，因為太平常，也就失去記憶了。

比較記得的是，平時躲在冬暖夏涼糞堆石縫中的青蛙們，這個時候就會蹦蹦跳跳出現。牠們飽食水肥，體型又圓又胖，孩子看了便想抓來逗一逗，於是自製釣竿，隨便綁上個餌就能讓牠們因為新鮮感而輕易上鉤。但是這樣居高臨下的孩子們，並非永遠都是愜意安穩的，偶然也會跑出一條「長蟲」，冷不防地咬住釣餌，順著釣線舞動修長身姿，那一刻，孩子們總要嚇出一窩蜂的尖聲怪叫，立即棄械落荒而逃。

有一年，賣掉水肥後，奶奶欣慰地將鈔票放在電視機上頭，微笑著出門再度勞動，不料回家時鈔票竟不翼而飛。家中沒有誰是背叛型的人物，鄉下地方民風純樸戶戶大門敞開從不憂慮遭竊，究竟這一年的成果逃逸到哪兒去了呢？擦拭著淚水的奶奶，只能委屈地對觀音菩薩聖像喃喃自語。之後，客廳響起吭啷吭啷的銅板聲，順著聲音來源，發現那幾張鈔票原來是被風吹到桌腳底下了。奶奶喜極而泣，她失而復得的激動神情，將臉上的皺紋扯出一道道更深的波浪，看了有點不捨，所以忘了順便跟她索討幾塊錢。

不過，在我上高年級的時候，肥料工廠林立，爸爸認爲家庭式蒐集水肥行業已經沒落，村裡許多人也開始講究生活品味了，於是兩個糞坑分別變成一座花園和一個魚池，一靜態一動態，讓左鄰右舍黃髮垂髫都讚賞不已。

魚池旁做了假山和擺設，印象最深的是姜太公釣魚的陶瓷塑像，悠閒自在地戴著斗笠拿根釣竿盤坐在渾厚的石頭上面，流露出「願者上鉤」等候知音的姿態。

從此，放學後最愛看魚兒水中游。

那兩個臭臭的糞坑啊，早已飄著花香。

祕密

五溝水的村子裡，有一棵榕樹，活了很大歲數，聽說從我還沒出生就生長在那裡了。

爲什麼我對這棵老樹如此關注呢？因爲很久很久以前，爸爸曾經指著那如巨傘一樣的大樹跟我說，爺爺還在的時候，很喜歡在這裡講故事，開講內容有西廂記，紅樓夢，三國演義等等，不但聲腔抑揚頓挫，還會邊說邊唱，完全是位專業說書人的模樣。這實在太令我神往了，所以每次經過這個古老的村莊，總要凝望那棵榕樹並且對它深深致意。

我相信自己這方面的興趣遺傳自爺爺的基因，所以十幾歲的時候，得以在多處表演場地演出說唱藝術。可惜我九歲那年爺爺就往生了，沒能與他討教幾招。不過，我倒是記得家裡剛買錄音機的時候，爺爺經常對著機器錄下自己的聲音。他曾經說了一個故事，講到有位小姐拎著裙襬過河，咯咯笑個不停，我問他爲什麼好笑，他說女孩子家大腿都露出來了，眞羞啊！我很疑惑，喜歡穿短褲的我每天都露大腿，爺爺都沒說我差啊！不過，真正令我興味的是他那充滿韻味的客家山歌，流蕩著民族風情的旋律，到現在還縈繞我心坎呢！

這樣一位具有表演才華的老人家究竟長什麼樣呢？這方面我印象是深刻的，爺爺從外形看上去就有著一股貴族氣息，身形頎長，鼻梁高挺，外出時習慣戴著一頂紳士帽，看起來很有派頭。但是除此，我對他瞭解並不多，一直到我闖禍那一天，才知道原來爺爺是會武術的。

那一天，我和鄰居玩伴說好，我們將蓮霧吃完之後，把蓮霧肚臍留下來，等到每天下午會來宣傳電影的車子經過，我們就用它們當子彈，誰丟到司機的頭誰就贏了。

熱鬧的廣告聲音逐漸靠近時，我們都熱血沸騰、躍躍欲試。

「嘿喲！」

我不凡的身手果然一舉成功，蓮霧殘骸不偏不倚砸在司機額頭上！

但是這勝利的剎那很快轉爲驚嚇，宣傳車沒有繼續前進，司機把車停在我們家大門前，爆炸似地衝入庭院！

我和玩伴各自逃難，瞬間感覺自己像一隻遇到緊急危難竄逃的老鼠。

我的「洞穴」，在閣樓！

我將身體弓起來，蜷曲在陰暗的角落，大氣不敢呼一聲。

我會被揪出來嗎？我會被爸爸揍扁嗎？

停在我家的宣傳車仍舊聲嘶力竭地邀請大家進戲院看戲，那聲音蓄積著駭人的力量，我不禁哭到抽搐了。

然而，比廣播聲還大的是我爺爺的嗓門，他吼著，憑什麼闖進民宅？一個大人跟小孩子計較算什麼？嚇到我孫女的話要你好看！

我暫時停止哭泣，悄悄從窗縫裡瞧了一下，竟然看到爺爺拿出竹棍擺出武俠片裡才看得到的威武姿勢。那個中年男子見狀，摸著鼻子離開了。

宣傳車的聲音愈來愈遠，聚集圍觀的村人也陸續散去，我終於躡手躡腳地從閣樓爬下來。

原以為爺爺會罵我，但是他若無其事地說：「玩得手腳髒兮兮的，趕快去洗一洗。」

爺爺沒告狀，管教嚴格的爸爸並不知道這件事。

多年後，我從爸爸那裡得知爺爺不但武功高強，接骨功夫更是一流，他自己兩次骨頭脫臼，都是爺爺「喀啦」幾聲就接回去的，而且，爺爺可不是密醫，他是有證照的中醫師，專長是婦科和傷科，左鄰右舍婦女的疑難雜症三兩下就迅速治癒了。但是我感冒時從來沒吃過爺爺開的藥，在西風崛起的年代，大家都覺得吞藥丸比較方便，誰都不想蹲在爐前慢慢熬藥，爺爺也不攔阻。我曾經問爸爸，爲什麼許多病患都到束手無策時才來我們家拜託爺爺呢？爸爸說，爺爺對孫女沒輒，但妳沒看過他對別人吼起來的樣子嗎？小毛病的話，誰要特地鼓起勇氣來我們家看診呢？

我是見識過爺爺發飆的模樣，爺爺眞酷，是我心目中的英雄。

至於丟蓮霧渣渣競賽那一天的事，就這樣，成爲我和爺爺之間永遠的祕密。

黃昏的市場

每日黃昏，都是爸爸載我兜風的時光，我們除了偶爾會繞到有戲院的潮州看電影，多半都是到離家約六公里的內埔市場買阿婆吃的素菜，路線幾乎不變，但永遠樂此不疲。

市場裡總有種熱鬧非凡的氣息，鑽入那嘈雜紛亂的人群，便能夠呼吸到熱烈的生命力量。尤其，爸爸的節奏比起跟媽媽逛萬金早市或星期五的商展要俐落得多，他買水果青菜都不挑剔，隨手就捉起一把，也不擅長討價還價，我覺得爸爸豪邁爽快，我自己也喜歡這樣。

內埔市場比我們村子的市場繁華多了，對我而言那裡簡直是充滿驚奇的叢林，我則像個尋寶的探險家，隨時敏銳偵測新鮮事物。

專賣兒童服飾的衣牆上，掛滿公主夢幻的洋裝，直覺如箭的我已經瞄準目標，一件是雪白滾荷葉邊的，一件則是全部以蕾絲綴成的。爸爸的性格完全在我的估算之內，他必然先是說不要亂買，然後稍有猶豫，接著便掏出錢包，最後喃喃自語說會被媽媽念。

我坐在爸爸機車後頭，一路吹風一路唱歌，輕撫戰利品，開心得不得了，根本沒在意爸爸襯衫上媽媽縫線精巧的補丁。

爸爸在一家雜貨攤買日用品的那天，我瞥見架子上擺了一個雜誌上看過的音樂盒——穿著白衣藍褲的小丑在紅色城堡前戲耍著白球，身體和球不停地隨著音樂扭擺，既滑稽又活潑，讓人都想跟著搖晃了。奇怪的是這樣一個不起眼的小攤，會有這等高級的玩意兒！老闆瞟見我的渴望，在我試探爸爸能否買給我的時候，口沫橫飛地說這個東西如何稀罕珍貴值得收藏，並且堅決以原價賣出。壓克力的紅色城堡鮮豔華麗，小丑立體的四肢和搖擺的小白球靈活逗趣，唯獨小丑的身體部分是平面貼紙，因爲年歲已久泛出些許油漬——不用說就知道，鄉下人捨不得花這麼多錢買這種不實用的玩具。但爸爸是寧可被別人哄抬了價錢，也沒辦法嚥下女兒失望神情的那種人，他終究還是數了鈔票，按照老闆的說詞分毫不減地買下了。

當然也不是每一次都得花錢買東西才有趣，爸爸就會經帶我蹲在專門幫人孵小雞的店家前面，看著粉嫩黃色毛茸茸小雞們，跳躍、啄食，以及嘰喳喧鬧。保溫箱的雞蛋們，安靜地睡在黃色燈泡底下，等候某一刻破殼而出，加入黃毛小雞的行列。見證生命奇蹟，眞的會讓一個孩子目瞪口呆啊！

其實不是只有我愛新鮮事物，爸爸也有被好奇騷動的時候，某次市場新來一台餐車，上面寫著「台北來的泡泡冰綿綿冰」。爸爸很神祕地拉著我往貼滿各種口味冰品照片前，極力地壓低音量：「我們去吃台北來的冰，別跟媽媽說。」爸爸擔心，一碗三十元的價位相對村裡的十元剉冰會嚇到媽媽。努力點頭的我則覺得，自己和爸爸此刻擁有一個美妙的約會，這種封藏在兩個人之間的專屬記憶，讓細緻的冰品眞正融化成無法言喻的甜美了。

當黃昏的顏色逐漸鋪灑在我和爸爸臉上時，我總是帶著心滿意足的笑臉回家。我覺得爸爸最愛看我笑，但是不知道爸爸的心裡，都想些什麼呢？

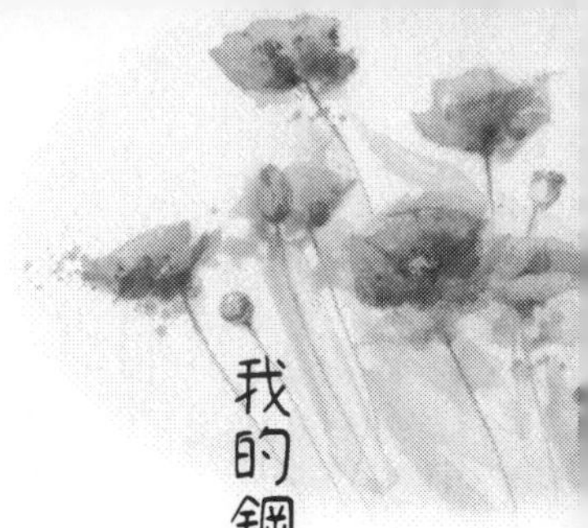

我的鋼琴夢

生平第一次在現實生活中聽到鋼琴聲，是小學即將升上四年級的暑假。在四叔家隔壁，落地窗框成的畫面裡，一個留著長髮的背影，輕輕晃動身體，像仙女運用神奇指尖，呼喚來春天的花園，返鄉的燕子，遊蕩的白雲。

我不進去四叔家了，杵在小巷子變成木樁，每一口呼吸都覺得芳香。

爸爸被我那眨都不願意眨的雙眼給說服了，對我說：「妳眞想學鋼琴的話，我們就去跟老師報名吧。」

其實，爸爸沒有心理準備鋼琴學費竟然如此昂貴，繳學費那天他和媽媽眉頭都皺了。但是當我很快地看懂五線譜，熟練地彈出一首首兒歌，他眼中還是飽含著感動。只是他一直沒對我說，經濟負擔太大，只能夠上八堂共四小時的課。一個月後的同一時間，他沒發動機車，我難過地嚷著：「我才學一個月，我想一直學下去啊。」他想了很久才找到措辭，「常常要載妳太麻煩了。」我知道那絕對不是眞話，爸爸非常喜歡我坐在他機車上到處遊走的，那是我們之間的甜蜜時光。

冷靜之後，我感覺出來，他比我還難過，於是，只好努力堅強起來對他說：「沒關係，我看得懂樂譜，可以自己練習。」

我們家當然買不起鋼琴讓我練習，所以，只要輪到爸爸校園值夜，我就跟去學校練風琴。雙腳猛力踩呀踩的，雙手則以亂七八糟的指法把一首首音樂課本的歌曲給彈出來了。晚上，黑幽幽空蕩蕩的校園氣氛雖然詭異，蚊子也多到把我小腿叮得紅通通，仍樂此不疲。

「等妳長大結婚的時候，爸爸送你一台鋼琴當嫁妝。」

爸爸一向說話算話，所以我的內心充滿歡喜與希望。

幸運的是，美好的一天提早來臨了。

國中一年級的某個黃昏，爸爸特地騎機車到學校接我，讓我很訝異，但爸爸一直沒有說話，我也不敢率先打破沉默。只記得那時候春風拂臉，草香處處，經過檳榔林的時候，檳榔花透著欲言又止的淡淡香氣。

「妳想不想要一架鋼琴？」

這樣令人摸不著頭緒而且如此具有重量的一句話，敲擊著四月田野的寂靜空氣，我幾乎屏息了。

爸爸告訴我一個故事。

隔壁村一戶人家有位從政的男主人，因爲某些事情入獄，他的太太從此得自己撫養小孩，人生遇到極大的困境。目前，那位婦人家正在出清家中貴重的物品，其中有一架鋼琴，可以低價售出，但還沒找到買家。

我懂了。

我們都不可置信擁有鋼琴的一天，所以交談的聲音壓得特別低。直到我跟著去到那戶人家，看到黑亮亮的音箱前面，鋪排著具有神力的黑鍵白鍵，隨意碰觸，就發出深度的顫動，才驚覺，昏黃燈光底下討論價錢的聲音，並不是我自己編造的夢境。

四萬元成交。

這是多大一筆數字呢？

雖然我不知道我們家到底爲這架鋼琴傾注了幾成的積蓄，但這件事情引起驚天動地的效應是非常具體的。村子裡來了四位壯丁，合力將鋼琴搬入爺爺以前住的房間，圍觀群衆驚呼鋼琴看起來體積眞大模樣眞高級，之後，喝彩聲和喧騰聲不絕於耳，從此三天兩頭都有人津津樂道這個鄉野重大紀事，彷彿一則民間傳奇。

我又開始學琴了。

原來，除了音樂課本裡的歌曲，我還可以彈貝多芬的給愛麗絲，強納森的杜鵑圓舞曲，以及理查．克萊德門夢中的婚禮。再後來，我漸漸認識了古典樂派，浪漫樂派，以及印象樂派。這些音樂像北海道的美英之丘更像南法的普羅旺斯，起伏的花浪既清麗芬芳又廣袤無垠浩瀚無疆。

因爲這樣，延展出對出古典音樂發源地歐洲熱烈的嚮往，在年紀一大把的時候，還艱辛且甜膩地練習德文，這些不預期中滾出來的效應，又是另外的故事了。

不匱乏的正能量

童年時，鄉下孩子的衣服多半都是補了丁的，穿起來也顯得鬆垮飄搖，原因是這衣服不知已從排行於上的手足中流傳第幾番了。想穿新衣，得等機會，像是媽媽到鎮上採買布料回來，踩著裁縫車發出令人雀躍的軋軋聲時，蕾絲和碎花布就會交融成蓬蓬袖和荷葉邊。套上獨家出品的新鮮洋裝，我們四姐妹的公主夢便發酵完成，可以在鏡前酣醉徹夜。

自己美麗，跟隨成長的娃娃也要打扮，剩下的布料裁一裁，娃娃們也穿起新衣。更碎的布，則縫成沙包玩遊戲，物盡其用些許都不准浪費。

想要花俏趕時髦的話，那就等待台北的親戚們一年一度的包裹抵達吧。那一刻來臨時，郵差的摩托車聲音將與心跳相應跳動，所有孩子對著包裹時，瞬間總能狠狠將眼神釘入紙箱。

紙箱具有神祕的力量，打開來繽紛衣裳便紛飛起來，在我們傳遞的指尖上翻騰翺翔，花園一樣的色彩讓激烈認領情緒在客廳如煙火噴發。

某次，深深攫獲我心的，是胸口垂墜蝴蝶結的橘色碎花緞面洋裝，很長的時光，我只鍾情這一件。

執著的情感，讓我連睡覺也不願意和它分離。上學時將它穿在制服內裡，曬衣架上的它微乾便又被我套上身體，幸好它的鮮豔色澤完全沒有因爲過度使用產生偏差，花朵仍然鮮豔，蝴蝶依舊優雅。

爲了讓大家注目，我刻意將蝴蝶結拉出，奔跑時，牠便搖曳在白上衣的中心位置，恍若飛翔。在操場上，誰只要看見那隻「蝴蝶」，立刻可以從群衆中分辨出我是哪一個，女王的崇高姿態莫過如此了。

那時鄉下物資缺乏，不僅反映在穿著上，其他配備亦顯窘迫。

當都市孩子瘋狂流行四十八色和七十二色的彩色筆時，準備到鎮上參加寫生比賽的我，運十二色的彩色筆都因好幾支顏色用罄無法成套。幸而，沉默少言的三姐偏好冷色系，聒噪過動的我怎麼用都是暖色系，她的喜洋洋彩色筆，以及我的雄獅彩色筆，不謀而合湊成了完整的十二色。

接下來，便是全家共商戰略計畫了。念美工科的二姐，提供葉子顏色要分深淺的概念；美術小高手之稱的三姐，則讓我臨摹了寫意花草刷刷點點的技法。這下子，總想看看外面世界的我，終於能夠摩拳擦掌大顯身手和鎮上小孩一較高下了。

生平第一次有機會到校外比賽，每天總忍不住思想這件事，在戶外寫生不知道會有多有趣？說不定還可以認識一些不同學校的小畫家，和穿著漂亮洋裝紮著長長辮子的鎮上女生成爲朋友！

住在山腳下小村莊的我們，很難得出門見識的，更何況還是以同等的地位和外面的孩子們競爭才藝，這簡直是要飛上雲端了。我的班導師見我成天傻笑，早已猜出我的美夢，一方面怕我得意忘形，一方面也和多數老師一樣屈服現實，粗裡粗氣對我說：「別以為校外比賽那麼簡單，我們鄉下孩子很難贏過鎮上小孩的！」

我聽這話，完全無法心服，理直氣壯地嚷著：「我不相信鄉下人就一定會輸！」那位總拿我沒辦法的中年男老師，覺得我老是挑戰他的威嚴有些火惱，但是看見我毫不退卻的神色，不禁又軟了心腸，似乎也點燃他一股欣賞之意。

我心裡想，不久前還是您教我們唱：「年紀小，志氣高，將來做個大英豪。」難道這都只是冠冕堂皇的歌詞罷了嗎？我真是氣，氣鄉下人自貶的性格！就想不透，明明都是兩個眼睛一個嘴巴，到底是哪裡不一樣？

我抿著嘴，聳立的鼻梁隨著昂揚的頸子，在窗子玻璃上映照出堅毅的線條。我是打定主意要贏的！

「好！那我跟妳打賭，如果妳能夠拿下第一名，我就送你一盒小天使鉛筆！」老師終於有了一個積極的論調。

小天使鉛筆，那可是高檔貨啊！整整一盒的話，有多貴重呀！

「一言爲定！」

班上同學都爲之屏氣了，一盒小天使鉛筆，多麼難以想像的價值，而我竟毫無懼色企圖上戰場奪取……

等著瞧吧！我一定要證明鄉下孩子和鎮上孩子沒有什麼不同！

那一天，終於來了，寫生會場在一個名喚佳佐的村莊，邊陲的位置顯得有些荒涼，但是這樣鮮少人煙的地方正適合長養鳥語花香。滿眼的綠擁抱著一個典雅的廟宇，一波波孩子們的喧鬧恰與多得不得了的麻雀相互應和。我帶的零嘴，在背包裡呼之欲出，簡直是渾然天成的郊遊氛圍……啊，我是來參加一場戰役，贏得一個重要賭注的，千萬不能玩心大發捨本逐末！

環顧敵方，工具上的確輸了一大截，但這方面我早有心理準備，不必太害怕；思索一番，此次比賽是自由寫生，那麼我就慎重挑一個好角度，構圖巧妙便有勝算可能。

既然此地是以廟爲主體，那麼我就在中心位置突顯廟宇的神聖莊嚴，畫上四平八穩的殿堂吧！

當我以鉛筆勾勒出佳和宮的輪廓時，瞥見我附近的幾個鎮上孩子，竟然以水彩調配出漸層的榕樹和椰子樹，光線與陰影所表現的明暗落差，澈底製造出立體的感覺，分明是專業手法……

沉默了幾分鐘，我決定採取「出奇制勝」策略——在場參賽者皆以靜態風景爲作畫對象，完全沒有人捕捉動態的瞬間，而能夠表現出廟宇精神的，事實上不就是人們與它之間的互動嗎？

我將廟前的鼎放大，讓它成爲整座廟的核心，並且刻意安排一對狀似婆媳的信徒，讓手持香柱的年長者與側身相對的年輕者互動。梳著髮髻的灰髮婦女，右手豎起大拇指的身體語彙表達了全圖意涵——這是一座心誠則靈的廟宇，值得一代一代傳承下去！

我愈畫愈開心，覺得自己的主意妙極了！

或許是臉上的笑意太濃，竟引來一位美麗女子的注意，她看著我作畫持續一段時間，還不時露出微笑，似乎很感興趣。

不知道畫了多久，豔陽漸漸轉爲溫柔的光束，交出稿件後，乘坐老師們的摩托車移往萬巒國小操場。這個校園比我們的大多了，學校還種了許多從前沒見過的麵包樹，讓人有身置異域之感。

操場上站滿黑壓壓的各路英雄，彼此注視也默默祈禱，主持頒獎典禮的老師，在冗長的致詞後，終於宣布得獎名單，在中年級個人獎項最後，喊了我的名字……我飛奔向司令台，激動的汗水裡閃耀著夕陽的金色光芒——是小天使幫我戴上了冠冕嗎？

後來聽說是那一位看我作畫許久的女老師，以「用色大膽」、「主題鮮明」等觀點，說服在場所有評審投我一票。我的突發奇想獲得壓倒性勝利。

至於小天使鉛筆，一直到成年，都還捨不得拆開使用呢！

家庭訪問及其他

我小時候的那個年代，偏鄉老師要管的事情多到令人難以想像，除了學校的教學內容和校務行政以外，很多事都得協助配合，像是衛生所的宣導、派出所的巡邏、村辦公處的活動、鄰里間的書信解讀或糾紛調解……艱鉅的細瑣的都算在內，教師工作簡直成了萬事通。

我的父親年輕時被分派到這個山腳下的小學任教，接著因爲村民合力蓋了一幢茅草屋請求繼續留下，加上父母年邁子女年幼終於和妻子堅守在此，於是逐漸把內在的根鬚，盤根錯節深埋在這名不見經傳的土地上，直到走完一生終究毫無疑問認定這裡是自己的歸宿。

父親在家中是精神領袖，在村子裡亦是靈魂人物，他的存在如此鮮明又充滿能量，如同棵醒目的榕樹，或是巍然聳立的洋樓，若要勾勒這小村風貌，少了他總覺得不太完整。

高我幾年級的玩伴金花姐姐，在一個明明是風平浪靜的下午，卻像隻被老虎追捕的小鹿驚呼，朝我們家庭院狂奔而來，口裡狂喊：「老師救我！老師救我！」她的後頭跟著一個失心瘋的男孩，握著菜刀瞄準「獵物」準備砍殺。我躲在窗縫裡窺看，父親英勇奪過菜刀，訓斥了野獸男孩一頓，男孩燃燒火焰的眼睛終於在喘息中慢慢緩和下來，神智開始清醒：「老師……老師……」然後他緩緩癱軟了身軀。這場狂暴的片段在夕陽餘暉中收場了，只剩下我的心臟還噗咚噗咚跳個不停。

陽光燦爛得讓人以為天底下沒有陰影的星期天，在學校值班的瑞光老師騎著機車在未熄火的咘咘聲中哭喊著：「劉組長，學生偷我的錢！」父親定了定神，立刻發動引擎朝花容失色的女老師所指路徑呼嘯而去，還交代尾隨來看熱鬧的孩子們通報另一位男老師兩面夾攻。大概是村子不算大，村民又守望相助，沒三兩下嫌犯就被逮到了。騎腳踏車跟去一探究竟的我，發現被逮到的人竟然是我的同班同學，忍不住內心衝動替他求情。那位平日裡沉默的男同學尷尬地瞄了我一眼，在場所有眼睛也都知曉無論如何處置，他已經蒙羞了。

除了這些節外生枝的情節，真正歸父親工作又是我熱衷參與的，要算是家庭訪問這件事了。照例機車後頭會載兩位熟悉村況的同學，還有愛跟班的小屁孩一個，也就是我。三個小屁股塞在機車後座，無尾熊似地一個抱一個，風吹來髮絲就像鳥兒展翅好愉快！

每個人家裡都有不同的擺設與風格，但是相同的是，家長都會準備點心茶水，畢恭畢敬地請老師對孩子多多關照，通常還會補上一句：「不乖的話盡量打沒關係。」類似情景看多聽多一切便也模糊了，就只有住在山坡上那戶人家，到我現在這個年齡，想起來都還會有種回味無窮的美妙感受。

那個六年級的大哥哥，住在一棟臨著河流的矮矮茅屋裡，這樣的居住環境我從來沒體驗過（我出生那年家中茅屋已經改成瓦房了），有點驚訝也有點惶恐，所以頂著披滿甘蔗葉的屋簷，踏進木條組成的門扉以前，我略爲肅穆提醒自己，這應該是個生活清貧的家庭，態度千萬不要太奔放才好。天曉得，一進屋內，我的魂魄瞬間著了迷，這簡直是別有洞天的藝術生活，光是四堵牆面已經讓我激動得泫然欲泣了！

牆壁上貼滿了繽紛絢麗的圖畫，色彩大膽表情生動，彩虹流星五色鳥梅花鹿，全都收納在他的彩筆之下。自畫像旁邊掛了一個弓箭，那不是裝飾是他的活動配備；弓箭底下放置一個有彩色鍵盤的玩具鋼琴，那是他平日隨興彈唱的夥伴；迷你鋼琴旁邊斜倚著牆角的是一把彩繪的吉他，歲月磨蝕掉的色澤更顯得他們彼此的熟稔；昏黃燈光下的書桌躺著幾本故事書，每一本都對主人咧嘴笑……

大哥哥的媽媽始終靦腆地微笑，我完全能夠清楚讀出那彎曲擺動的魚尾紋裡，藏滿對孩子的關注與疼惜。他說孩子愛畫畫愛音樂愛運動愛大自然，不求功課太好，只希望他快樂。讓他走這麼遠的路到山下讀書，是爲了讓孩子接觸漢族文化，雖住山區畢竟還是河洛人。我的父親頻頻點頭，但我知道，他不會准許我也如此隨興地過日子。

後來茅屋旁的河流熱鬧起來了，大哥哥和他的朋友們全都脫光了跳進水裡，水花濺得比煙火還美麗，炸得如春節爆竹的笑聲迴盪在山谷間綠蔭裡，陽光的照耀讓一個個赤裸的身軀更加光亮純淨。我眞的是驚呆了，多麼瀟灑豪放熱情啊！相對我們家的嚴謹而言，可以說是無法想像的狂野。

我靜默注視著，至少希望這一刻，可以永遠在我心靈花園上綻放。

我清楚記得那時天空好晴朗，鳥鳴聲好嘹亮，還有一隻氣勢非凡的老鷹在我頭頂上盤旋。

後來，我化羨慕為行動，在家中閣樓貼滿了自己的畫作，掛上一個塑膠弓箭，用壓歲錢買了一架彩色迷你鋼琴，可惜的是，我始終不會游泳。

另外一回家庭訪問，是管區警察來委託的，父親只載我前去，而且那次氣氛非同以往，父親的靜默讓我感到有什麼很沉重的東西一直往下墜落，空氣都遲滯起來了。

那個不算華麗的家，浮動著一個花枝招展的媽媽，油嘴滑舌地說她的女兒真是愛玩，這些日子也不知道跑到哪裡去了。父親的語調忽然從溫婉轉為嚴正：「受義務教育是每個國民應盡的責任，妳要讓她回學校。」我隱然瞅見黑暗的角落，有一雙玻璃彈珠般圓滾滾的眼睛，天真無邪地窺視著我。

是她嗎?她對自己的命運知情嗎?

回程,向來聲若洪鐘的父親反常地,聲音像失去重力,字句艱難地說:「我以為她看見妳會想著,她的孩子也該是這樣無憂無慮的,但是,她根本是鐵了心腸……要把孩子賣到茶室了……」

我隱約是知道這一切的。那貓咪一樣偷偷看著我的孩子,純真到對未來的不幸渾然不知的神情,讓我驚訝錯愕。這也許是我生平第一次意識到,過度的單純,並不是一件值得慶幸的事。家,也不一定是避風港。我因此上了人生一課。

偷

從小，我就很難想像爲什麼有人會想偷東西，我們姐妹都有足夠的零用錢，每個月初一排隊領取，想買的都能買，太豪華的則很清楚想都別想。

爸爸媽媽的錢放在哪裡我們都知道，他們也准許孩子自行取用，只要說一聲卽可，我們也從來不會多拿，而且只在情急時才去動用，例如賣冰淇淋的叔叔就快走遠了，而自己的零用錢尙且放在遠處的書包裡。

可是，我是怎麼的老是被當成小偷呢？

很要好的一個同學向我借了五百元，我去她家作客時她說可以還我錢了，於是我收回失而復得的積蓄，歡喜地在她的房間賞玩。這時，她的媽媽正好經過窗口，驚愕地瞧了我一眼，那眼神眞讓我覺得發毛。

要離開她家時，她的媽媽冷冷地說：「我的五百元不見了。」我渾身僵硬，不知道該回答什麼，似乎說什麼都是對號入座了，尤其剛才窗內窗外交會的一幕，足以讓我陷入百口莫辯的情境。

這件事，就這樣成爲我成長中的一縷陰影。

某一個過年前夕，我和童年玩伴到她姐姐夫家玩，因爲要過夜，爸爸特別多給我一千元當盤纏。臨行前我的同伴說她總共帶了六百元，問我帶多少，爲了一種平衡感，我說八百元。

那夜，她姐姐在逛夜市時竟然驚呼，她昨天放進皮包的一千元不見了！瞬間，她剛上幼稚園的女兒將小手伸進我這個唯一的外人口袋，所有人都注目看著她將掏出什麼——空無一物。但也因此，僵硬的氣氛持續整晚。

當我和鄰居玩伴準備回家過年時，鞭炮聲霹靂啪啦地響，滿街都是喜氣洋洋的攤販和招搖的新衣裳，頓時我暫時忘了昨日的陰霾，一眼看中一件粉紅色的洋裝，想到過年新衣還沒添購，毫不猶豫掏出一千兩百元買下美麗服裝。突然，我看到迎面一雙詫異眼睛，我的夥伴沉沉地問：「妳不是只帶八百元嗎？」啊……我這是……該怎麼說呢？收起那件包裝好的新衣服，我眞的很想落淚。

但這些經歷，都沒有被一個遠房親戚的小妹妹誣陷那次來得沉重。

她向來愛說謊，而且編劇功力一流，無中生有的情節可以鉅細靡遺地陳述，根本不像小學三年級學生，那次，她十之八九偷了我媽媽的錢，否則不會在媽媽發現錢不見以前，就去說我偷錢。

讓我整個陷入黑暗境界的，是媽媽居然動搖了對我的信心，她極度溫柔地對我說：「妳拿了媽媽的錢要承認喔！只要誠實媽媽都會原諒妳的。」這種不同平常的特殊語氣，是想要讓小孩自己承認錯誤時才有的，所以，我不禁背脊發涼，想起了家裡那口深不見底的井，感覺自己掉入深淵，浸泡在荒涼冰冷的水底。

我悲傷地申辯著：「媽，妳不是不知道她有說謊和偷竊的習慣，我的芭比不見了，她居然可以臉不紅氣不喘地說，我的剛好和她的一模一樣。」

她究竟是怎樣的孩子？懂得裝無辜並且捏造細節，指證歷歷說我居然偷自己媽媽的錢，阻止我也沒用……

「如果妳想還媽媽時，就放回皮包吧！」這句結論，讓我的心臟墜到山谷溪壑，連破碎的聲音都不被聽見……媽，您被施了魔法嗎？我們家的錢隨意都可拿，我何必要偷？

孤絕佇立在淒冷門外的我，耳朵傳來爸爸和媽媽細碎的交談，他們說著我仍然不肯承認，擔心自己的孩子從此壞了品行。

我再無力爲自己辯論了，這世上沒有比被自己深愛的人誤解來得痛楚……

至於，我真的嘗到「偷」的滋味，是小學五年級的時候。

那幾年非常流行採草莓，徜徉在一望無際的草莓園裡，我恣意地採摘著，大家也都熱情挑選最紅豔的果實，誰也沒注意誰的存在。忽然之間，我浮現了一個前所未有的可怕念頭——如果我將一顆草莓放進大衣口袋，誰也不會知道，但這將是一個驚險刺激的冒險歷程！

我謹慎地，揀選了一顆又紅又大的草莓，左瞧右瞧都沒人注意到，便將草莓輕巧巧滑入口袋，瞬間，鼻尖冒出一粒粒的汗水，但是心情卻無比激昂。我大口大口呼吸著，盡量維持心臟規律和從容不迫的神色，與爸爸提著小小的籃子走向結帳的地方。

站在老闆面前時，雲海翻騰般的恐懼快將胸口塞滿了，腦子也亂哄哄的鳴叫著古怪的聲音，懊悔汩汩湧現，如果被發現……

「啊！好久不見！」

「哎呀！是你啊！你現在改種草莓了啊！」

「現在稻子和檳榔價錢都不好嘛！轉型觀光農業看會不會改善情況。」

「不錯！不錯！秤一下看多少錢！」

「哎喲，什麼多少錢，來，草莓多拿一些！」

老闆隨手抓了幾把身邊採好的現成草莓，將原本稀稀落落的籃子擠得幾乎滿溢出來。

老闆的盛情，讓我的羞愧從腳掌竄到頭皮。我竟然偷了爸爸好不容易重逢的親友資產，我是怎樣丟爸爸的臉……

這個意外的結局，讓我嘗到，「偷」的滋味竟是這樣難受。

回家路上，我絲毫沒有採草莓該有的喜悅。

被緊繃的肌肉壓成汁的草莓在口袋漬染出若隱若現的紅色，散發著微微酸腐的氣味，草莓與我，都有著無言的哀傷。

我是不能偷的。

在山水之間

愛上溪頭的竹子，正值荳蔻年華，因爲熟讀了一篇課文，心中滿滿嚮往與騷動。

「每一棵竹子都在不顧一切地往上鑽挺，看起來就好像要去捕星星、摘月亮，也好像是大家一起去搶奪那片藍藍的天空。」這是怎樣的一種情境啊？小時候我們家旁邊的竹子總是草莽、魯直，你推我擠地狂亂生長，下雨過後，麻竹筍一個個冒出頭來，要是不搭理它，過幾天就拔高抽長，或斜倚或偏頭，情態放肆地糾結纏繞。

「看它們如何用根鬚去抓緊泥土，如何用青翠去染綠山野。」竟好像畫家寫意的筆墨，在宣紙上或皴或勾勒或暈染，竹子成了氣質非凡的一幅水墨畫，竹子也成了蘊涵節氣文人的化身。

剛從大學畢業的年輕國文老師，飄逸著浪漫的長髮，凝望著窗外那片艷麗的天空，感慨萬千地說：「說了再多，還不如帶你們親眼目睹！」

我的眼睛發亮了，直直盯著老師想像那個美麗的綠世界。我的急切和老師的行動力不謀而合。一個月後，我們整個年級坐著遊覽車到溪頭戶外教學了。

孟宗竹。多美的名字！

翡翠色澤的葉子，像是集體舒展紛飛的羽翅，風吹來，就真的輕柔舞動了。沉穩的深綠是它的身軀，頂天立地不卑不亢，靜靜地守候著大地，靜靜地凝視著天空，靜靜地思維著生命。

張騰蛟先生站在竹林前，「昂起頭來向上望，看看它以一種什麼樣子的姿勢挺拔起來的；希望能從它的身上，學一點點如何才能挺拔的祕訣，如何才能昂然而立的本領。」十三歲的我站在竹林前，並沒有那麼上進地想要學習些什麼，但是這種未曾見過的絕美景象，卻讓我震懾得無言以對，總覺得呼吸裡瀰漫淡雅的味道。

十八歲那一年，我再度到溪頭。

記憶中的美並不是一場虛幻，身置其中，嗅得熟悉的空靈之氣。孟宗竹啊，我的老友，在山嵐的湧動中愈發詩意。只是，憾恨才華不足，寫不出歌詠的詩，也沒譜出一首動人的樂曲。

藝校巡迴演出到了南投，校長堅決讓我們這些王子公主們挑戰漫長的溪阿縱走，讓山神見證我們的成長。

於是，一個個穿著套頭紅帽運動服的青春身影，探向神祕的杉林，前行再前行。藤蔓纏繞的小徑鋪陳蜿蜒，巨樹傾倒的險阻到處橫生，蕈菇和蜘蛛點綴著濕漉漉的苔蘚毛毯，泉流拍打岩石聲響伴隨鳥獸蟲梟的彼此呼喚，霧起了，不畏懼迷濛，腳痠了，前方陽光召喚。

十個鐘頭的顛簸，每個力爭上游的步伐，在濕軟泥地深陷又拔脫，這條路我們一起走著，誰也無法回頭了。數不清究竟淌下多少汗水，也許還帶點淚光，喘著喘著，終於看到遠方的人家，點著燈的屋子，那是不是傳說中的青鳥所在？

終點前的好漢坡，是最震撼的尾聲。腎上腺分泌意志的能量，一階一階，直到踏上浮動雲靄的頂端。我的成年禮，從溪頭開始，於焉完成。

事實上，南投並不是只有山的，名聞遐邇的日月潭，美在山林環繞，美在小島點點，更美在潭水的碧青和澄藍。十八歲以後，怎能就此停止探索呢？

再下一回，我與室友芝，從位於陽明山的學校風塵僕僕一路南下，轉車又轉車，終於抵達日月潭的碼頭。潭水泛著水氣與光影，從此端漾開直到彼岸。

前來接我們的一位大叔，皮膚黎黑線條粗獷，他率直灑脫地說：「這個梯次只有妳們兩個報名，這幾天就自由地遊玩吧！」

面面相覷的時光不到幾秒，切換既有模式快如閃電的我們，不約而同歡呼起來，我們兩個，竟然可以霸占整個營隊資源，愛怎麼玩就怎麼玩。

大叔說，救生衣很多件，選件合身的，就可以下水了。

呵呵，這眞是一場安全無虞的「冒險」活動，旱鴨子的我終於可以讓游泳之夢成眞。

踏進夢幻藍的水潭前，岸邊的泥濘黏呼呼死纏爛打，但我一點也不引以爲意，水可以滌盡一切汙穢苦惱，讓肉體與心靈都乾淨無慮。

漂浮在潭水之上，我是一尾初生之魚，擺動前行是此刻的使命。水草、枯葉、落花、浮木、細枝、雲影……與我一起攬起陽光下的水花，再將唯美的的光彩還諸天地。浥濕的髮絲是我，閃動水珠的臉龐是我，踩不到盡頭的雙腳是我，燦然大笑的是我，既陌生又熟悉的我，種種無形束縛奇異地鬆綁了。

夜晚，藍色潭水已成墨池，又是另一種景象。但，我豈有如椽巨筆可以揮毫呢？沒能與誰千里共嬋娟，又不若詩仙爲撈月奮不顧身。此刻僅餘寂然靜默，明亮的月色容不得糟粕渣滓。

隔天，一群散發著書卷氣的青年們來了，他們在棘草蔓生的荒地，撿拾樹枝準備夜間升起營火，圍成一圈講述自己的理想和心事。（多麼羨慕這些視野遼闊的大學生啊！）被鬼針草沾得滿身的芝大聲驚叫，我卻毫不介意的撥開前方雜枝雜葉，探尋那隱藏野草裡的藿香薊和蒲公英。泥土，是最不起眼卻是最值得信靠的存在，她能以樸實篤厚的身軀滋養萬紫千紅的風光。

幾天後，被陽光洗禮後的兩個少女，皮膚像鍍了銅，這種模樣去到麥田裡會變成保護色的呢。

大叔說要開船載我們去玩，引擎聲噗噗作響，船尾激起陣陣水花，我們直接航向日月潭的核心。

大叔說，妳們來試試吧！

芝歡呼著握住方向盤，狂放的笑聲關不住，呼呼的風聲縫隙裡，我聽見她聲嘶力竭的喊叫聲，像煙火爆開後立刻又不見了。「怎麼——跟妳出來玩——遇到的事——總是如此——有趣啊！」

在我心裡，這不是有趣而已啊，當我接過方向盤，一種掌握自己駕馭未來的情緒澎湃而起——我像一個朝聖者，在潭心深處感受水波的跳動，船身與我都肅然起敬，彷彿正在進行一場虔誠的膜拜。

我是一個能夠自己發動引擎疾駛在日月潭上的女孩啊！

往後，我的人生曾經枯寂蕭索也曾經黯淡無光，但是因爲記憶裡儲藏著某些鼓舞人心的片段，始終相信，生命總有轉彎的時刻。

以這樣的信念，我得以微笑繼續向前。

親愛的老師

剛上小學時，發現我的班導師如此不同——她喜歡穿蘋果綠的洋裝，臉上總是洋溢熱烈的笑容，說起話來好聽得不得了。

第一堂美術課，她要我們在校園中尋找不同形狀的葉子，或是掉落的花瓣，然後將它們塗上廣告顏料，拓印在圖畫紙上。我發現，即使是同一棵樹長出的葉子，細細交織的葉脈，卻和指紋一樣各自不同。

不同的紋路，深深淺淺印出了美麗的花樣，組成一個五彩繽紛的世界。

我的班導師說，每一個人都是獨一無二的，大自然裡每一個生命都是這樣。

也許我還不太懂老師的意思，但是從此我愛上美術，愛上創作，而且，我的畫總是熱情而飽滿。

在某一個優選作品被貼滿佈告欄的下午，老師要我們化身評審，選出牆上最搶眼的一張畫，我心裡得意地想，一定是我。但是，老師深深喟嘆地說：「這條龍，傳神得快要飛上天了呢！」龍，是班上弱視嚴重的那位同學所畫，不是我。

的確，他氣勢強大地運用亮黃色，鮮明的色彩有著厚實的光芒；粗厚的黑筆，流暢勾勒出龍的身軀和神韻，每一筆都清楚而篤定。

老師帶領我們鼓掌，響亮的掌聲讓羞澀的他紅了臉，但也看出他心裡甜蜜蜜。

不過，關於調皮功課又差的阿裕，我就實在看不出他有什麼優點了，偏偏阿裕老想當班長，更愛在我面前誇口，有一天他也要和我一樣，車縫寫著「班長」的塑膠牌，過癮過癮、神氣神氣。我實在沒好氣，忍不住在老師面前揶揄他：「阿裕功課那麼差，還說他想當班長呢！」

老師滿臉笑容，很認眞地說：「如果他努力，說不定眞的可以擔任這個職責喔！」

對孩子而言，老師的話如眞理，我瞬間啞口無言。

其實，我自己也不是循規蹈矩那一型，衛生所來打預防針時，掙脫護士阿姨的雙臂，奮力逃往學校後面的甘蔗園躲起來。演講比賽背講稿，硬是偸工減料刪掉一大截。九九乘法表一發下來，哭哭鬧鬧吵著怎麼背得起來。我也老是記錯暑假何時該到學校打掃，曾經迷迷糊糊把拖鞋穿到學校，還讓老師的水壺蓋不小心掉進水溝裡隨波而逝。但她終究能不離不棄還以欣賞的眼神，注視著我微不足道的「優點」，像是「發表欲望強烈」，這樣其實在保守年代的鄉下頗受爭議的特質。

那時候的我，上課除了愛舉手發言，其實有更多的時候是嘰嘰喳喳閒扯淡。沒想到，一旦生病就吐不出半個字，居然會引起老師的深刻感受，老師曾嘆口氣對身爲她同事的父親說：

「有時候她眞的滿吵的，但是少了她的聲音，還眞是不習慣呢！」

我知道那種愛不是因爲我是她同事的小孩，刻意表現出來的，因此卽使她重重地處罰我時，我都不吭一聲。

就像是，我曾帶著一群男同學，跳到長滿稻穗的田裡，撲通撲通把直挺挺的金黃穀海，踩呀踩的，壓出一窪窪的坑。隔天上學，小小的身軀被罰跪在地上，還舉起重重的木椅，直到全身發抖搖晃。

升四年級的暑假，老師將調到城市，三年的朝夕相處就要畫上句點。我和爸爸在車來車往的馬路與她相遇，她停下機車，很認眞地說：「讓她跟我去新學校吧！」我的眼睛迸出的盡是驚喜與期待，但父親與我是形影不離的，他捨不得。

從那之後，直到現在，我竟沒再見過她。

青少年時期曾經中輟學業，父親爲我眼眶泛紅，心中震盪不可言喻。那時，剛好老師有一個畫展，邀請父親前往參觀。老同事相見，談起我，父親滿懷沉重：「這孩子恐怕已經沒前途了。」老師沉默幾秒，接著字句鏗鏘地說：「千萬別對她失去信心，她是個有主見的孩子，終究會找到自己的路。」父親轉述的時候，認爲那不是尋常客套話，所以他鋼鐵般的面容漸漸柔軟了下來。

邁入中年的我，雖然一無所成，但是總有些光亮，在我心靈跳躍。我知道其中一個原因，是由於童年學習的啟蒙。

「吳連娣」——我在社群網站搜尋欄打上老師的名字。

雞蛋花和山櫻花

巷子裡總飄著花香，因爲附近有人種雞蛋花。

一個旅居加拿大的朋友來訪，見到花朵們，連忙俯身揀選，湊在鼻前聞了又聞。熱帶地方的花卉眞的熱情洋溢，連氣味也給予得非常慷慨。

我對這個寒帶地區來的客人，細訴著峇里島的記憶，想著那裡到處都是雞蛋花。花與海，似乎已經成爲當地最和諧的畫面。路上的美女們，也都喜歡在耳朵旁插上一朵，像是延伸自己對所有人的微笑。

其實，對我而言，雞蛋花，有一個更久遠的故事。

幼稚園的時候，我長得算是嬌小，力氣也不大，往往爲了分得玩具或擠入遊戲行列，就會被強勢的手掌推倒，甚至被蠻橫的腳踹開。因爲家住得近，距離幼稚園不到五百公尺，所以我常在淚眼潸潸後，選擇逃回家裡。

總是在這個時候，我的眼前會出現一個高大的身影，那是教堂的神父，來自西班牙，有著咖啡色的頭髮，高挺的鼻子，戴著鑲金邊的眼鏡，以及彷彿永遠不會熄滅的笑容。他會把我扛在肩上，晃啊晃的，讓我看看天空有多藍，我也像一下子長高似地，以爲自己就要抓到棉花糖般的雲朵了。

就這樣，我們一起笑著回到教堂附設的幼稚園。

一路上，他那帶著外國口音的台語雖然很難聽懂，但從暖暖音調裡，我知道他希望我不要害怕，也因此，我再度有了上學的勇氣。

經過老師曉以大義的孩子暫時不敢欺負我了，我大聲地朗讀著注音符號，感覺到學習終究是有趣的。

下課，落下的雞蛋花遍滿綠草地上，眞美。聽說雞蛋花可以串成花環，於是我撿拾了好多，一個一個兜成圈圈。戴在頭上，就像美到不可言喻的新娘；套在脖子上，就化爲項圈，讓人都熱情得想跳草裙舞了。

夏天製作花環的習慣，一直延續到小學高年級，每年回母校，踏進教堂庭園，就感覺花天使迎來。

即使長大後，幼稚園拆除，神父換過好幾張面孔，斑駁著歲月痕跡的老教堂，修復後變成遠近馳名的觀光勝地，在鮮少人注意的角落，逾百年的雞蛋花老樹依然維持同一個姿態，它的芳香從未老去。

或許因爲這樣，與天主教有了美好的因緣，高中時住進陽明山的修道院，每天看到衣裾翩然的修女們，我的鄉愁便有了慰藉。她們覆蓋在身上的純白色澤使人安心，那清淨無染的形象，在我心中就是活著的聖母瑪麗亞。

冬天清早緩緩升起的山嵐，被晨曦輕輕吸納之後，一天天透露出春天的信息，不得不想起英國詩人雪萊說的：「冬天來了，春天還會遠嗎？」於是，心頭先行暖和起來了。

春天以一種點染山林的國畫筆觸降臨人間，先是隱隱的桃紅綴在原本枯乾的枝椏上，接著轉爲西方油畫般的堆疊鋪陳，愈來愈厚重豔麗。在某個平凡日子醒來的剎那，花兒們約定好似的，整座花園整條巷弄，圍牆之內圍牆之外，山櫻花溫柔嬌媚且無憂無懼地全綻放了，我幾乎要以爲它們其實是在歌唱，而且節奏與旋律都如此隨興飛揚。

小鳥聽見了，喜洋洋地跳躍回應，敞開一整個冬天壓抑的嗓音，啾啾啾啾，整個山仔后都溫暖起來了。

可是，從小體弱多病的我，寒假期間不自量力參加了好幾個營隊，耗盡原本就微薄的能量，陷入無名困境。冰冷的一季把我封凍了，肉體彷彿亟欲叛逃不肯聽話。僵固我身軀的雪啊，爲什麼還沒溶化？

年邁的萬修女發現大白天我沒上學，說話氣若游絲，悲憐地望著我，爲我憂愁得眉頭都要碰一塊了。她沁著汗珠、密布褶痕的臉在我眼前，對我說，她一定會爲我禱告，不要害怕。

爲了不讓我罣礙，她還說：「我知道妳不是教徒，但是天地間那看不到的慈光，稱祂老天爺也好，天主也好，總之就是不可思議的能量。」

不要害怕。我一直記得她慈愛的眼睛看著我時說了這一句話。

我沒有拒絕她爲我禱告，我很感恩這樣一位傾盡所有，只爲實踐信仰之愛，離鄉背井奉獻出一生的靈魂。

雞蛋花，山櫻花，都是如此美麗。

天竺鼠與印度男孩

大學時期，參加的社團名稱爲慧智社，也就是佛學社。社團辦公室是一座古樸的老房子，有著木條框成的窗戶，玄黑的屋瓦，植滿青翠蕨類的天井。因爲這個地方特別安靜，走起路來踩到槭樹落葉的窸窣聲響，都感覺雋永深刻。

寒風放肆的季節，夕陽淒美映照在騎樓，發現社團門口放置了一個紙箱，探頭一瞧，竟然有隻天竺鼠圍繞著高麗菜焦慮地來回奔跑。一張醒目的紙條就黏貼在紙盒上頭，寫著：「寒假不便帶回家裡，請善心人士代爲照顧。」

這幾天，剛考完期末考，提著行李的人潮紛紛下山，我也打算要搭國光號返鄉了，誰能替誰照顧誰呢？

這使我想起從前老是聽說教堂或寺院門口，被發現剛出生的棄嬰，然後由修女收留撫養，或者成為老師父門下的小沙彌。

當人們想遺棄曾經心愛的寵物，不再能夠為之盡責，想到的就是跟宗教相關的場所嗎？

我不知道自己是否可以生氣地轉身就走，但不經意，眼神又注視到無辜的小東西，腳步竟然黏滯了。

奇怪了，這留紙條的人，誰寒假不用回家啊？

忽然，我想起了曾經來社團晃過一陣子的交換學生，他可能是不回家的。

捲捲的毛髮，黝黑的皮膚，天真的笑聲，那個印度男孩說過他住在哪的，我去找他。

「啊——」

他驚聲怪叫，說著自己從來沒有養寵物的經驗，責任重大擔當不起。這時候，眼看大局所迫，一切勢在必行，我一定要發揮天生優良業務員的本領，使出渾身解數彈動三寸不爛之舌，爲了天竺鼠，爲了使命必達的使命感，我說，相信你是個善良的男孩，所以才來找你的，如果連你也不能收留這隻無辜的天竺鼠，這頓高麗菜不就成了牠最後的晚餐了嗎？

他沉默了一會兒，彷彿從驚濤駭浪裡穩住船槳逐漸靠岸，雙腳終於踩上踏實的陸地。

「好吧，我盡力而爲。」

啊，這個可愛的印度男孩，竟然比我想像的還要積極用心，在我要下山之前，他已經打點好一切，並且邀我參觀天竺鼠的新生活。

天竺鼠疾速奔跑在他約莫四坪大的寢室，看起來開心得很。角落擺放一個寵物專用的彩色小屋，裡面鋪滿木屑和棉布，旁邊還有一架會旋轉的摩天輪，偌大的球在我們腳下滾來滾去。

「這是我幫他準備的家，怕牠孤單，所以買了一些玩具給牠。」

這位印度男孩，洋溢著愛的光輝，我不禁將目光特寫在他俏皮的臉蛋上，於是注意到了他的睫毛好捲翹，瞳仁更是無比黑亮。

後來，新學期到來時，兵荒馬亂，我都還沒想起天竺鼠的事，印度男孩就來找我了，但是他的神色慌張，話也說得吞吞吐吐。

「怎麼了嗎？」

「對不起，我把天竺鼠養死了。」

他激動泛淚的表情讓我覺得他比天竺鼠還無辜，只能安慰他：「天竺鼠跟你相處的日子，已經擁有最幸福的時光了，生死這種事，誰又能掌握呢？」

他說是他沒有常識，買了小鳥吃的穀物，太乾太硬把牠給噎死了。

其實，該愧疚的是我，因爲一個自己搞不定的託付，竟然把責任都讓他承擔了。

再接下來，一切物換星移，從前認識的人都不見了。社團前面的槭樹，添了青綠衣衫然後又紅透容顏。

每回走到這裡，除了想起大家一起打坐、誦經，以及研讀書籍的時光，總有那麼一個帶著異國風情色彩的片段滑過心頭——天竺鼠，以及那個來自佛陀故鄉的印度男孩。

年少輕狂時，網路尚不發達，資訊匱乏到連翁山蘇姬是誰都沒聽過，也不知道密支那位於緬甸的何處，更不清楚柏楊筆下的異域發生在哪裡，但我竟然就這樣傻裡傻氣地飛到了仰光。

出海關時眞令我詫異，國際機場簡陋得像是鄉下的火車站，強行幫我提行李的男人惡狠狠伸手要小費，我愣了愣，掏出一塊錢美金，於是他們就不再爲難了，沒想到這一招這麼好用，接著一張鈔票抵一關，一路順暢無阻。

很快地，我就忘了配戴槍枝毫無善意的公務人員是哪些模樣，甚至無心去管路上走來走去逡巡著的軍人，是爲了防止隨時都可能的暴動事件。陌生對我而言等於新奇，大剌剌又天眞得可以的我，此刻只有滿滿旅行的樂趣。

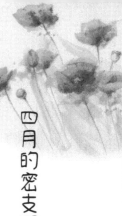

在仰光只住兩晚，便得轉機到密支那，對那裡的印象，只記得金黃色的廟宇前面總有鴿群振翅，地瓜色的土壤和炭木色樹林遍布，連住家房子都是咖啡色調，彷彿整個緬甸都被某種染料浸泡過。

轉機時，沒想到旅行社幫我辦的票券無法使用，歷經波折，把所有美金都耗盡，才終於能夠搭上苦苦等候，沒有固定時間的螺旋槳飛機。

上了飛機，破損的椅子、沉悶的空調，以及愈郊區愈是一望無際的黃色土地，讓我終於在大地色系的世界裡昏沉睡去。

醒來，打了電話，等了一些時候，終於看見在密支那從事教學工作的友人L出現接機，如見曙光。

我安心落腳囉！

密支那是個寧靜的世界，幾乎與世隔絕，隔天早晨，我和Ｌ騎著腳踏車去鎮上逛，在菜市場認識了一種水果，當地人暱稱星星蘋果，切開來會出現一枚枚透明的星星，認識它，是我在此的第一課。

誇張的是，就在買水果的一會兒工夫，聽說我已經紅透小鎮半邊，原因是我居然戴著眼鏡，這代表著，鎮上出現外地來的人。因爲這裡視野遼闊，住在這裡的人視力都好得很哪！

鎮上有一些店家，賣很多小玩意，像是雲南人揹的竹簍啦，蕾絲編織的蚊帳啦，花色齊全的布料啦，地方歌曲的卡帶啦。其中，有一家專門賣緬甸玉的店家，老闆娘是位年紀與我相仿的姐姐，我們一見如故，天南地北地聊起來。離開前，她堅持相贈一條銀製項鍊，以及一顆紫色的寶石。但我可是什麼都沒準備啊，我的青春是隨行著愚蠢的。大老遠到此，遇到這麼多友善的人，甚至接下來的日子還大大麻煩校長與校長夫人兩星期，自己卻除了隨身攜帶憨膽什麼都沒有。

其實，除了傻，我的身體也不怎麼靈光，那天晚上遊玩回去，整個人就開始發燙，燒著燒著，睡著睡著，竟然過了一天一夜。待我從迷濛裡醒來，忽然想起草原上的黃牛，喃喃說著：「我想喝黃牛奶。」沒想到L瞬間大哭起來。平日安靜的一個人，竟然連珠炮似地說話：「身體不好還這麼不自量力，一個人跑來這裡，要是一直不醒怎麼辦？黃牛奶……早就準備好了……」

黃牛奶使我漸漸恢復體力，也漸漸適應了當地炎熱氣候和緩慢生活，感謝黃牛，讓我得以繼續腳踏車旅程。

參天巨木的盡頭，就是從前在地理課本上聽過的伊洛瓦底江，滔滔江水，也是混濁的土黃色。江邊有婦女正在洗衣服，還有少女在藍天底下洗澡，而且僅以一條華美的籠基[1]遮掩，高超的是，提拈布料外的另一隻手尚能揮灑自如。

街上，多數婦女都在臉頰塗了樹皮磨成的鵝黃色油膏，據說可以預防中暑，但我沒有這麼

[1] 緬甸人穿的筒裙，由一塊長方形的布摺疊而成。

做，我對揀擇布料縫製衣裳比較感興趣，挑了幾張民族色彩濃厚的布，讓裁縫師爲我丈量身形，約定好幾天後來拿，興奮著到時可以有好幾件客製化的新衣服。

珠寶首飾店的姐姐出了一個好主意，她邀我們去照相館拍攝沙龍照，攝影師會幫我們打扮成傳統雲南姑娘的樣子——搖曳整排銀色幾何花片的頭飾、色彩鮮麗手工織成的邊疆風格衣衫裙襬，加上滾著絨毛球的俏皮竹簍。

呼朋引伴之後，就像開一場派對，進行一場嘉年華，每個人都搔首弄姿讓一捲底片迅速殺青，無憂的女孩都是天生的模特兒。

就這樣，我在熱情的華人圈子混吃混喝，收納了數不盡的純淨情誼，安逸地度過十餘天。

再度搭乘飛機之前，珠寶首飾店的姐姐特地來我寄宿的學校，拿出一個渾圓銀亮的手鐲，慎重地圈在我的手腕。她這樣看重一個糊里糊塗的外來客，讓我我差點哭出來。

我們的緣分，密支那的四月天，就這樣，圈成一個美麗的圓，褪不了色。

剛邁入而立之年時，灌水球似地，身體一天天胖起來，所有衣服都變得又擠又撐，像是包子塞滿欲爆的餡。

偏偏這時又正好窮得發酸，只得撿拾較福態二姐的舊衣裳。版型不太符合也只能將就，過時風格常以爲自己正在演出鄉土連續劇。

一個外國朋友來訪，穿著過分貼身的棉質上衣，有種歐巴桑耍性感之嫌疑，窘迫得近乎焦慮。帶他去郊外遊玩時，刻意繞道娘家，很盡責地介紹鄉村風貌，其實心裡想著好像有一件較寬鬆的衣服放在那裡。

情況沒有想像的那麼好，「稍微」寬鬆一點，實在也於事無補，倒是我們的澳籍朋友很體貼地說：「不要為了我特別打扮換裝。」讓我尷尬至極，滿腔委屈狂湧。

從此，我努力尋找合身的衣服。

百貨公司的最大號，對我來說還是勉強；專賣大尺碼的店，又不耐煩地說沒這麼小號的，彷彿我故意找麻煩。懸在胖子與標準身材中間的灰色地帶，才體會到什麼叫做邊緣人。

不久，電視購物頻道為我的人生點亮一盞火光。

掌握婆婆媽媽為主要消費族群的商品，加上主持人深知家庭主婦面臨的痼疾，所以言辭往往能夠命中核心，訂購電話熱烈如戰場。我終於如願以償，穿上了久違的新上衣、新長褲、新裙子、新外套。

雖然質料往往和螢幕前落差一截，但是又何妨？XXL是我的活力泉源，讓我輕而易舉擁有光采的門面，不再覺得自己被衣服壓迫得幾乎要榨出汁（也許是油），更不用因為找不到衣服出門，而忘了外面的空氣有多好。

然而，後來忙碌的生活，讓我的穿衣與生活出現新的轉折。年華流逝使我無法眼睜睜看著時光平白消失，對歲月急起直追。讀書、工作、練琴、旅行，馬不停蹄讓我一圈肉竟溶解蒸發了。

我怯怯拿著外子交給我的禮券，上百貨公司買了一件剪裁有型、質料柔軟的衣服，穿上去竟然如量身訂作，此刻，有如春天剛親吻過我的滄桑，以魔法棒在我的臉上畫出一朵幸福小花那樣如夢似幻。

上半身受到天神眷顧，可惜下半身仍呆滯地沉在哪裡，像一甕繼續發酵的醃漬物。

我只得爲了這罈醬缸，繼續遊走於購物頻道。

這幾天冷得不得了，等不及電視推薦，上網點選符合的商品，一組三件的深色長褲，是唯一可以保暖的商品，所以立刻點擊放大圖想看仔細，奇怪這組商品竟無法放大，完全看不清褲子上面繡著什麼樣的圖案。到底要不要買呢？

反正不滿意可以退。買了。

當褲子送來，我像受到野獸驚嚇似地彈了起來。褲子上竟棲息著艷麗桃紅塑膠亮鑽的鳳鳥！這下子我不但可以演鄉土劇，而且還得飾演幫派小太妹的角色了。

我猶豫要不要進行繁瑣的退貨流程。

冷颼颼的寒風從未關緊的門窗吹進來，我嘆了口氣，剪下商標吊牌——我必須有自知之明。

標準的西洋梨身材，在鏡前看起來並不怎麼香甜可口。

我想，一切還是反求諸己吧！

印象・北京

那天，馬路旁的松針上凝凍著冰晶，聽說半夜裡下雪了。初霽，空氣很乾，在星巴克念了點書，推開門時被靜電「啪啪」嚇唬到。雖然沒看到雪飄落的樣子，但是到處掛著一點點雪痕，感覺整個世界都是純淨的，自己也是。

剛結婚不久，陪外子到北京出差，心裡最想去的地方是北大，那裡不是有著將人文主義精神散播在校園的第一任校長蔡元培先生的足跡嗎？不是還有著，風流才子徐志摩，隨意吟詠，便是浪漫詩歌的餘音繚繞嗎？漫遊在薰染著書香的校園，幾度與行色匆忙的學生身影交錯，覺得自己也多了幾許氣質呢！這些學生看來都是青春面孔，只是因爲鍍上一層使命感或社會期待，總覺得裹著一道嚴肅的膜。在這裡，連找個人幫我們拍照也困境橫生，都趕著上課呢。

後來只得靜靜坐在石階上，看著黃金色澤的銀杏葉被風吹得到處飄揚，感覺髮梢暈染夕照臉上浮貼著金箔。傍晚將盡那刻，人潮漸漸稀少了，最熱鬧的畫面只剩下宿舍陽台曬著的衣裳還擺盪著。不久，整座校園都變成古銅色的了，夜晚都還沒來臨，一切已經在溫書氛圍籠罩下沉寂。穿梭於古樸氣息的建築夾道，浮現魯迅反傳統反禮教的凝重臉孔，想想，我只是不諳世事的過客啊，別把自己搞得太有重量，於是，踅了腳步，沒帶走一片雲彩。

之後，每日清晨，我總一個人在城市裡的巷弄隨興散步，等著外子下班。有那麼一天，發現一個胡同裡，藏著傳說中的大雜院，那裡，果然都只剩下閒聊老人的蹣跚步履，以及偶然出現的幾隻狗兒。低小的屋子，被興起的高樓壓縮得讓世界都遺忘了它的存在。鋪滿的藤蔓和隱居的蝸牛並不知道未來的命運，我卻心驚村前貼了告示，宣布此地即將拆除。

假日拉著外子去看老宅，小跑步著，快點瞧瞧啊，多麼有情味的建築，即將消失了。

漫天塵埃灰了半個天空，我們愣在村前入口處，眼見桃源深處的人家逐漸消逝，被怪手剷平的廢墟裡一切灰飛煙滅，連唏噓的聲音都埋進瓦礫堆裡了。沒有白布條，沒有抗議聲，平靜得如同僅是收拾家中廢棄舊物。漫長歲月的積累，居然可以讓機械文明解決得這樣乾脆俐落。

晚上吃了一根紅亮亮的酸梨糖葫蘆，把一點對古味追尋的夢幻再度拾起來，又得朋友相約地下道的大碗茶聽京劇，心海又澎湃了。台上唱蘇三起解，我聽得出神，惹得大家竟拱我唱幾段，要不至少哼兩句坐宮。哎喲我的天啊，我這程度，能這樣跨海獻醜嗎？捧起茶水一飲而盡，算是代酒請罰，總算免去尷尬。

京味終究是淡了，按圖索驥找到的茶館，已經翻新為商業銀行，失望之餘，卻在兜售針扎攝影機的流動攤販附近，發現新開張的茶館招牌。不假思索踏進去，喧騰裡，中國味又湧動起來。吃飯喝酒的客人滿桌都是大魚大肉，高談闊論裡也不免划拳飲酒，中國人吃飯時很海派很霸氣。

我們被安排跟兩位女子同桌，為了怕別人欺生，我與外子交談刻意京字京腔，而那兩位女子亦翹著濃濃「兒」字尾巴，看來彼此已經融成一氣。誰知一場雜耍看下來，我們兩組人都露了餡，講話內容都提到了台灣民情與北京印象——妳們，也是台灣來的？空氣凝結幾秒後，終於把彼此的偽裝卸下，我們爽朗分享了這幾天的旅行見聞，還興高采烈討論市集的價錢要如何殺它個片甲不留（但我們還是被誆了，哎喲喂啊）。

雜技雖然看得出十年磨一劍的苦功，但是聲光效果太炫麗，挑高空間氣勢太宏偉，小家碧玉的味道盡失，況且，我總以爲會有很純粹的京韻大鼓，或者，說不定能遇見北方的黑妞白妞，也想著〈琵琶行〉大珠小珠落玉盤的情境。看來，全球化都市化已經難以返回了。

聽說北京有座模擬《紅樓夢》場景蓋成的大觀園，在郊區大片土地上造景，我們利用假日前往了。不曉得是不是沒有特別推廣，乏人整理似的花園顯得蕭索寂寥，連最令人好奇的，賈寶玉住的「怡紅院」，也擺設簡便，看起來冷冷清清。

走到一家出租服裝道具的店家，看見幾位觀光客在柳樹旁邊拍照，玩心大起，也過去湊上一角，挑來挑去扮演了林黛玉。但是，毛線做成的瀏海眞的很粗糙啊，加上我自己怕冷裡面還穿著厚毛衣，簡直上演「鐵獅玉玲瓏」。店家老闆善意地指導，說可以拿個農具在樹底下犁一犁，想像自己正在葬花，我很認眞地照做了，只是照片洗出來，活像豬八戒反串美女，因爲身形太胖，以及隨身攜帶的招牌耙子而露出馬腳。

等到外子完成任務，整理行李之餘，想起還沒有買一個什麼紀念品，於是到了王府井，挑一件顏色如深邃海洋的藍色唐衫，離開前驀然回首，一排身形優雅的小提琴竟在燈火闌珊處凝視著我，趨步向前，呆住了，一直夢想著要擁有的樂器，此時此地價錢親民得讓人驚呼。請服務人員拉幾個樂句讓我聆聽，挑了一個最悅耳的，只需要人民幣五百元。

在北京國際機場的時候，我穿著傳統中國服飾，揹著小提琴，感覺自己非常後現代。海關人員微笑注目著我和樂器，特別友善，大概以爲我是來文化交流的吧。

後來，我一直都沒有好好學習小提琴的機會，但是每個晚上睡覺前，都會看它那麼一眼，悄悄跟它道晚安。

我想，說不定哪一天，緣分到了，它會從我的手指和握住的弓裡，流瀉出屬於北京的某個片段，關於雪花，或是糖葫蘆。

聞話租屋

關於找房子或租房子的經歷，我是算豐富的，先從印象最深的那一次經驗講起吧。

約莫於剛成年時，我和三姐在高雄找房，循著地址，進入了一條狹長的巷子。帶我們看屋的，是一位佝僂的老嫗，臉上紋路一條一條推擠著，讓人不得不想起神隱少女裡面的湯婆婆。

「就在前面啊！很快就到啦！」

巷子愈來愈狹窄，最後是僅容一人穿過的陰暗通道，我們的腳步都有點遲疑了。但這時，想回頭，卻似乎開不了口。算了，沒什麼好怕的，阿婆不是經年累月都這麼走嗎？看她熟悉得根本不用睜開眼睛似的。

塵土斑駁的牆壁磨蹭著我的手臂，我閃了一下，看見三姐正盯著牆角斗大的蜘蛛網，一隻餓極的蜘蛛就懸在那兒，像零件鬆脫的鐘擺。

這裡又何需時間呢？奢侈的光線在寂靜無聲中軟軟地游移著，即使緊連著排水溝，黑暗裡最喜歡竄行的蟑螂老鼠也不曾有些許動靜。

阿婆布滿褶痕的手漫遊空中，粗糙的指頭對著樓上灑下的微光輕聲喟嘆：「前陣子住在這裡的房客，也不知怎麼了，才住幾天就搬走了……」

突然，「嘎嘰」一聲，往上爬行的木梯被我踩出一個凹槽，飄散幾縷屑屑，透過薄薄的光束，可以看見細碎的木渣在空氣中失去重心的姿態。但是阿婆絲毫不引以爲意，彷彿這是一切都是必然的歷程。

阿婆捻開一盞昏黃的燈，燈泡悠悠晃晃如遙遠童年記憶，豬舍上懸掛的那一盞聚集滿滿飛蟻的燈——那個尚未被現代生活滲透的荒遠農村，唯一的麵包店廚房就在泥磚房子擠壓著的一條小巷裡面，小小的我和小小的三姐，經常冒險似地穿越過無聲無人的小徑，繞過尿騷味和豬屎氣的豬圈，一步步趨近那芳香的菠蘿麵包或海綿蛋糕。但是有一回，我們終究遇到傳說中的變態男子，那莽草般的黑色體毛，搖蕩而模糊的陽具，瘋狂地撲向我們驚慌奔逃的軀殼與魂魄，我的麵包從袋中跌出，三姐拖著愣愣的我死命地往前衝……

我從記憶中醒來，看了三姐一眼，我們的驚慌交會，心照不宣，想閃人了。

阿婆說，前面是廁所，踩著兩個厚木板，底下有抽水馬桶接應。

我們異口同聲：「謝謝阿婆，我們回去考慮一下。」

「房租很便宜哪。」我相信，否則前任房客不會狠下意志住進來隱忍度過幾天的人間試煉。

循著阿婆指的另一條窄巷，我們再次如同毛毛蟲般扭動身軀，小心翼翼地鑽入不見天光的走道。後面浮動阿婆如煙如霧的叮嚀：「看見一個算命的地方，再出去一點就是馬路了……」

黑幽幽的房子，濕漉漉的霉味從鐵灰的牆壁密密沁出，什麼家具與設備都沒有，唯有孤零零的窗子框住一個穿著唐衫的身影，沉下來的黑色帽沿壓住他的額頭，只剩下一副墨色的太陽眼鏡，罩住他失去線條的臉。這裡沒有太陽，而他也不需要光線，時光如何流動皆與他無關，端坐雕著上個世紀花樣椅座的他，只需寂然聽著流年交替的沙漏，答答答答反覆傾訴人們對自己命運的無法掌握。

瞬間，我們看見疾速穿梭的車水馬龍，感覺到最熟悉親切的文明召喚。我們沒有回頭，迫不及待從虛幻中破殼而出，揮手叫了一輛計程車，要即刻回歸猶如半世紀之後的眞實。幸好車子跳表和窗外的高樓如舊，路名和人潮都未變，而我們，也都還好好的。

但是，對於異鄉遊子而言，租屋生涯並不會輕易結束，租屋的經驗，一直在累積著。

有段時間，大姐、三姐和我，一起住在台北交通輻輳的地段，以方便彼此不同方向的上班路線，利弊取捨之間，我們也只好住在較便宜的公寓頂樓加蓋鐵皮屋。

在沒有洗衣機設備的狀況下，我每天總是直挺挺站在垂掛滿滿蘭花的空中花園前面，手工搓揉所有衣物，但是年輕總有耐操的本事，完全不以爲苦，有時風吹起來，蘭花的幽香便在鼻腔迴繞，還感到有幾分文人雅士的情味。

即使遇到颱風天，鐵皮屋總是被強風擊打得震天撼地，雨更似斧鑿劍戮般幾乎就要把屋頂戳出洞來，我們都很有抗體地相信，絕對不會比我們小時候住在鄉下時，瓦片一個個被風捲走，雨水滴漏整晚的情況糟糕。就算要撐著傘，才能走到對面那間隔著走道的衛浴解決如廁問題，也能從容地邁開腳步。

會離開這個好地段的鐵皮屋，是因爲後來房東已出嫁的女兒遇到經濟瓶頸，回來投靠娘家，於是房東將我們對面倉庫清空，圍上一道布簾，擺上簡單家具，讓女兒女婿外孫外孫女全擠在那裡。從此夫妻嘔氣聲和孩子哭鬧聲不絕於耳，連最能把淒涼想像成詩情的我，都厭倦了那擾人清夢的頻率，才終於告別了「屋頂上的人生」。

返回南部結婚之後，因外子被調派到台北工作，我順道在台北進修，又開始租賃生涯。不同的是，生活不再那麼困窘，我們得以選擇屋況較好的環境。

從雕花的大門走入，大理石的迎賓室，嶄新的升降機還未撕掉護膜，彷彿預告著鮮亮的未來。警衛彬彬有禮地對我們露出誠懇的微笑，我們拎著行李，隨電梯上升，地下室練習小提琴的高揚樂聲逐漸淡出，站在我們面前的是剛從健身房鍛鍊完畢的年輕男子，電梯門再度開啟時，他以壯碩健美的手臂與我們揮手道別。

房間手把旁邊，按下密碼之後啟動藍光，充滿現代感的設備就這樣帶我們進入人性化的科技世界。每當陷落柔軟的睡墊，就像一尾潛入海底的熱帶魚，優游在水草飄搖珊瑚綻放的世界。

這裡位於學區精華地段，大部分的住戶是為了孩子設籍，真正生活在此的是我們這些暫居的租屋者。雖然租金高了些，但是當一隻耽美的寄居蟹找到一個漂亮的殼，根本不會在乎它的重量了。

某日夜半，詭異地，我聽見了隔壁傳來的嘈雜聲，喝酒狂歡划拳清晰如在左右，彷彿我們之間隔的不是水泥而是紙板……朦朧睡去之際，一股濃濁臭氣將我驚醒，灰撲撲霧騰騰的香煙瀰漫在我周遭。關緊窗戶打開冷氣仍累積著新來舊到的煙霧，思索半天終於發現流理臺出水口和腳底下的排水孔與鄰居是相通的，立即全面以膠帶封鎖。

外子繼續打鼾，我則神經兮兮地拿著膠布貼這裡貼那裡。

無精打采的白晝，外子上班我補眠，猛按門鈴的水電工人偏偏執意修繕，據說是房東交代，新屋保固期內有什麼修什麼。十分鐘後，我被敲打聲和電鑽聲逼退到麥當勞，在省吃儉用中不得不花了一筆額外的飲料錢。不料，往後我的避難所不單止於麥當勞，還包含了肯德基、摩斯、怡客和丹堤。

失眠的夜晚，如往常聽見隔壁的喧嘩，但是今天卻有一些不同，總是被稱大哥的住戶接了一通電話，約好兩點鐘，說了一句電視連續劇常出現的台詞：「一手交錢一手交貨。」然後疾行而出。腳步聲拍搭拍搭遺落在闃靜的走道，眾人皆睡我獨醒中，感覺到塵埃驚駭揚起又孤絕沉落的荒涼。

迷濛睡意裡，從窗簾隙縫透進的光，知道天已經亮了，想著昨晚的交易到底是夢還是眞？是走私槍械還是販賣毒品？

哎，誰又能管得了那麼多！終究我必須起床，像牛一樣反芻難搞的聲韻學和元曲宮調。

「嘰嘰嘰嘰⋯⋯」電鑽的強烈震盪從我腳底竄升，覺得渾身都顫動起來，整顆腦袋像被果汁機的軸心扇面扭轉拍打，再繼續下去就全變成液體了。

猶如吸毒過量的梟蟲，搖搖擺擺失去重心走在街頭，尋找一個落腳的地方。

以爲躲過這一劫便安全了，不料警衛說緊鄰我們樓下剛要搬來的銀行，得裝潢三個月，瞬間鏡中的我，眼窩陷出兩個黑窟窿。

但這並不是最慘的，不久房東告知建設公司已同意在房間加強隔音設備，希望配合修繕時間暫時在其他地方住一星期。

如果在台北有其他地方可以住，又爲何要租房子呢？

想想，牆壁裝置隔音設備，然後順便處理裂縫補土上漆，這段期間我們將在迷你套房忍受化學塗料的氣味、甲醛瀰漫的威脅，直到所有毒性揮發完畢，情何以堪？

睡眠不足加上心靈枯竭讓我的眼睛乾澀到掉不出一滴眼淚。

在準備打包裝箱另覓他處的時候，警衛受傷了，因爲住在隔壁的那位「大哥」，被他的房東告知房子要收回自住，而警衛卻說溜了嘴道出眞正的原因，其實是大家已發現他吸食毒品，希望他離開這個品質優良的社區。

我們也得重新「找殼」了。

既然台北市是天之驕子居住的國度，那我們就別再扮演山寨版貴族的角色，乾脆往外圍新北市尋找，反正套房住久了，還眞渴望有廚房有客廳有家的味道。

隨地址找到物件所在，開門的是一個圓胖的男人，靦腆的笑臉帶有鄉土氣息，應該是個忠厚老實的房東吧！

環顧整個公寓樓層，光源和通風都不錯，價錢雖然有點高，但是想必還可以談。推了推老花眼鏡的男人說話了：「我們也是挑房客的啊，你們看起來應該是沒問題的。」

「謝謝。」但是不明白爲什麼客廳堆了這樣多的雜物。

一會兒，又來了一位婦人，手足舞蹈地說她是房東太太，而我的視線卻禁不住停駐在她開闔翻飛的豔紅唇色。

「哎呀，我一看就知道你們是好房客，像之前來的那兩個，擺明就是付不起房租，會經常拖欠的那種人，我才不想租給他們呢！」房東太太滔滔不絕地說。

走進房間，冷氣窗口封著一張腐朽的三合板，悶濕的空氣飄來，彷彿泣訴著這個空間蒼涼的身世。

離開天龍國，彷彿什麼都不同了。

「之前來看的那對夫妻啊，還說什麼要我們把洗衣機留給他們用，眞敢開口呢！」此刻，房東太太的口沫幾乎要飛濺到我的衣襟上了。

我探頭看了陽台的洗衣機，是一個沒聽過的牌子，外殼顯然已經從鮮綠褪到淺綠夾雜灰白，旋轉式開關鈕上的鐵鏽若即若離卡在上面，支撐著它的四塊木磚已經泡出黑色的苔痕。這樣老舊的洗衣機，還是第一次見到呢……

「其實啊，這房子是我要給兒子結婚用的，誰知道從小到大都聽話的孩子，居然不接受我的安排，自己去買了一棟全新的房子，現在可好了，壓根沒有交過女朋友，卻和別人一樣扛著房屋貸款，害我也只好把這裡租出去了，我們這些家具沒地方堆，也只好拱手讓給房客使用了。」

「只是，我們的東西多了些亂了點。」房東太太一向的誇張神色有了些許內斂。

「沒關係，我們搬來前清走就好了。」我輕快地回答，因爲他們目前的生活秩序與我們無關。

但是，房東太太臉色瞬間拉得冗長，看看周遭的家具又看看我們，彷彿我們出了一個難題，眼睛說明這些東西就是要擺在這裡。

我和外子交會一個默契的眼神，退了一步，小聲商議，既然閒置的家具要佔用空間，希望他們能調降房租，並且在客廳和房間裝上冷氣。當我們把想法說出後，他們的臉色大變，現場一片沉寂。

沉默半天的房東先生說話了：「先繳三個月押金，我才能幫你們裝冷氣。」

「一般押金不都是兩個月嗎？」

「我說三個月就是三個月！」圓胖的男人講得氣勢磅礴，旁邊的太太頻頻點頭。

「我們再考慮看看好了……」

「別以爲我們看不出，你們是根本繳不出來！」忠厚老實的男人轉眼露出充滿江湖味的調調。

道別時，耳裡傳來房東先生的冷笑聲——哼哼哼，令人毛骨悚然。

後來，我們在原住處附近，遇到一個各方面都還可以接受，麻雀雖小五臟俱全的挑高附夾層套房。房東是個高中老師，親切友善，雖然知道我們來自南部，並不會像之前找房時遇到的幾位屋主，把我們當成化外之民，趾高氣昂地問我們知不知道台北市要垃圾分類，或者告訴我們台北人可是都以電子郵件在收信之類的話。

這個房子有個小陽台，可以眺望台北的天空，視野很好，但是冬天冷冽的風吹來時，總會湧現懷鄉的情愁，老想要返回南國暖暖的家。

終究，金窩銀窩，不如自己的狗窩啊。

有所戀，乃在西湖岸

西湖是一個美得讓人可以有無限遐思的地方，所以有了一樁又一樁的故事。

爲了求學，祝英台女扮男裝進入私塾，認識了品貌俱全的梁山伯，三年後英台返家省親，兩人依依不捨，於是十八相送，難分難解。

西湖上有座橋，傳說是梁山伯與祝英台話別之處，名喚長橋。這橋其實一點也不長，走個兩分鐘也就走完了，但是，因爲情長，所以曲曲折折，所以進進退退，像是一輩子也走不完似的。

何以他們特別停駐於此，難分難捨？恐怕是因爲西湖經常煙雨濛濛，帶著淒美的情境，情人被層層山巒阻隔，又望著水光閃動如淚，此情此景，內心波瀾豈不更加奔騰激昂？

但愛情又何止於梁山伯與祝英台，清明時節，翩然出現一位絕代佳人，向許仙借一把浪漫的油紙傘，然後在迷濛中消失，讓這位憨厚的男子烙下無限相思。

這位刻意借傘的白娘子，其實是一條蛇精，爲了報答前世之恩，所以在此重逢。後來，爲偷仙草救醒被自己原形嚇得魂魄出竅的許仙，水漫金山寺，讓前世與她有宿怨的法海，將她禁足在雷峰塔之下。

這眞是充滿水氣的故事，雨絲綿延出的情絲，剪不斷理還亂，水漫金山，更是鋪天蓋地的滂沱橫流。

因爲這裡是江南，水的故鄉，有了水的滋潤灌溉，草長花開蜂飛蝶舞，想像也就跟著繁花似錦。這些說書人愛講的段子，戲曲愛演的折子，喜歡以此爲背景，相對而言，北方枯索無味的黃土高原，務實勞動都來不及了，又怎能生長出這些兒女情長呢？

當然，除了傳說故事，也有眞實經歷在這裡上演的。

宋代文豪蘇東坡，來到杭州任官的時候，爲了治理西湖水患，規定種植水耕農作的老百姓僅能在岸邊從事菱角種植，水深之處不得佔據，讓原本浮滿葑菲繼而淤積泥沙的情況獲得控制。至於先前淤積的泥沙，開挖清除之後，築起一道長堤，讓湖岸兩邊居民往來有了捷徑，不但解決了問題，還便利了交通。

爲了防止耕作者越界，並且方便觀察水位，又蓋了三座小型石塔，有趣的是，這塔身各有五個圓孔，只要在滿月的夜晚點上燭光，十五個孔就形成明亮圓月，倒映水中，共有實與虛三十個月亮，加上天上那一個月娘本尊，以及她的倒影，還有存在我們心中那盞油然而生的幸福月光，共有三十三個月亮。

前者稱之「蘇堤春曉」，後者稱爲「三潭印月」，聰明的蘇東坡，用行動證明科學與人文可以結合，實用價值與美感情趣可以並行不悖。

因爲傳說故事，因爲歷史眞實，我來到西湖，在晴光豔豔的夏日，走在長橋和翠堤上，望著雷峰塔，並且遊湖觀賞那三個歷經幾個朝代被磨蝕出歲月痕跡的水上石塔。此刻，那首流傳久遠朗朗上口的詩就這樣與景相應了：「水光瀲灩晴方好，山色空濛雨亦奇。欲把西湖比西子，淡妝濃抹總相宜。」

楊柳飄搖，薰風撲面，閒步在水景湖岸，我忍不住低下頭，傻瓜似地，在紛亂雜沓的腳印中，尋找著是不是有一丁點什麼痕跡，是蘇東坡遺落下來的……

父親向來話不多，每當家中一群女人在休閒室聊天瞎扯，他就在客廳泡著烏龍茶，靜靜啜飲。他嚮往波瀾不興的生活，但是某些情感讓他仍忍不住攪動心湖，所以他和這些聒噪的女人們，選擇保持疏離，然後側耳傾聽。

偶爾，他會像報幕者，在戲劇過場中，從後台走到幕前，那表示他有重要的話要說了，而那話語往往只有一兩句，卻總是經典般鐫刻在瞬間凍結的空氣中。像是，某一日我說我打算結婚，母親嚇得花容失色，父親則以凌波微步之姿出現，輕快地如吟詠俳句般：「難怪今年花園裡的花，開得特別燦爛。」然後，他微笑著，對我的眼光毫不憂慮，一如從小對我的信任。

事實上，自從我青少年書讀不好，兩度輟學讓父親心碎，我們之間就很少對話了。奶奶癱瘓之後，家運似乎也漸漸走下坡，家中氣氛凝重，四個孩子各自坎坷，沒有一件事讓父親愉快欣慰。決定結婚那年，我的身體狀況其實依舊不太理想，但是炮竹終究霹靂啪啦震退了一些悲情，父親消瘦的身軀因此豐潤了一些。

生活漸趨安穩，外子卻得從高雄調往台北，如何安頓家鄉長輩的心，又如何讓自己隨之北上後不浪費光陰，成為我最重要的盤算。所幸因緣順利，外子在台北繼續他的電訊工程職務，我則在外雙溪讀人生第二回的學士課程，並且兼了幾個作文班的差事。四年後，返回南方的府城念中文系現代文學所，也恰巧朋友介紹外子南部的有線電視工程師職位，我們夫妻幾乎可說是同時北上又同時南下。某日，獨自喫茶的父親默默來到客廳，喟嘆地說：「莫非世間真的有神蹟？」

父親向來是個踏實用功的人，年少時為了償還家中債務，努力考取公費的師範學校，卻沒能進入學院念書，這成為他的遺憾之一。當他陪我踏上位於他能夠輕易到達參與的府城，陪我走在種滿菩提樹的紅磚道，看得出他心中百感交集。他的視線，停駐在中正堂一個畫著學士帽的告示牌上，從小特別懂他的我，立刻明白了他腦中閃過的念頭——他多麼渴望參加我碩士班的畢業典禮。

「爸，放心，會的。」我在心中篤定地說。

人文學院雖然總是配合理工學院而提早舉行畢業典禮，但是那一天，父親的身體已經相當羸弱，外子充滿擔憂，深怕數次險些跌跤的岳父會體力不支，但我竟毫無憂懼，因爲我深深相信，上蒼必會矜憫。

我穿著碩士袍，蹲在父親膝下，時光悠然凝駐，久違了，父親的笑。究竟有多久，沒有如此與嚴肅的父親這樣親近了呢？我專心地閱讀他布滿歲月的臉，覺得那片刻流光，如此貴重而且鮮明。我輕聲地說：「爸爸，我們可以回家了。」

不久，父親住院，白血球急速上升，護理師拿了一張病危通知單，問我們是否要簽下放棄急救。我知道，生死是一種必然，但是能不能讓分離的時刻稍稍再延緩一些些，讓父親有機會得以在止息外緣平和寧靜的狀態下，思索整理他的此生……

天亮時分，父親燒退了，他拿起筆記，如同醒著的每一天，寫下當日的心情，一派輕鬆地說：「說不定我還會拖一個月呢。」

那天開始，母親與四個姊妹輪流看護，父親坦然地接受我們浴佛般地爲他擦拭身體，謙卑感恩地爲他清潔穢物。

我不禁想起，小時候，父親那樣健壯，聲若洪鐘，他晚年是如何在歲月流逝中悄悄轉成骨瘦嶙峋的老人呢？從前，父親雖然馬不停蹄工作，偶爾也會偷閒跟我們下象棋或玩撲克牌，雖然疾聲厲色起來誰都不敢吭聲，但是有時也會開點玩笑，逗樂大家啊。

父親說，他想見兩個人，一個是昔日同窗好友，一個是曾救過他性命的學弟，希望與他們話別。

接著，熱心的志工來幫他洗澡，他的身體恢復爽朗，精神也好轉起來。

當我從台南回到屏東，父親的心願皆已完成，一陣一陣的疼痛卻無歇止折磨著他，母親萬分不忍，頻頻拭淚，低聲對我說：「求佛祖來帶他吧。」

那夜，我跪在家中佛堂，想起數年前在師父前提起父親身體不如從前，駭怕地顫抖哭泣，無法想像，自己如何面對相愛至深的父親離我遠去。師父說：「哭出來，把恐懼釋放。」

聲嘶力竭之後，一股溫暖融入心頭。

勇敢，逐日增加。

此刻，我已經是個做好準備的女兒了，於是我說，菩薩，請您來帶走我的爸爸吧。

沉靜的夜，獨坐佛堂的我，聽到電話鈴聲響起。

我知道了。

父親大體回家那夜，我自願守夜，因爲我相信神識逐漸離開肉體的時候，往生者也在適應新的生存形態，特別需要陪伴守護。慶幸原本禁不起熬夜之苦的我，此刻無比安穩，無比寧靜。

一陣隱然的花香傳來，彷彿無言的慰藉，我的淚水終於滑落下來。

父親逐漸脫水消瘦，但是觀看他的嘴角，竟微微上揚。

親友陸續來捻香、獻花，說著父親生前如何幫助清寒家庭、如何照顧學生，每一天的氣氛都祥和靜好。

火化後，看著父親一根根的骨頭裝入骨灰罈，我對著攏聚的骨骸默默祝福，然後，不禁思索，談笑風生的是父親，溫暖慈愛的是父親，脆弱無助的是父親，威嚴斥喝的是父親，健壯活力的是父親，白髮蒼蒼的是父親，脫水乾枯的是父親，白骨鋪陳的是父親。父親，沒有固定形象，主體在天地間轉化變異，但，終究是存在的。

一行禪師在《你可以不怕死》書中曾經有這樣一段話：

若是失去心愛的人，我們要記住那個人並沒有消失。「有」不會變成「無」，而「無」也不會變成「有」。科學可以幫助我們理解這一點，因爲物質是不滅的——它會轉化成能量。能量又會轉化成物質，而且是不滅的。同樣地，我們心愛的人也是不滅的；他已經換成新的形體了。那個形體可能是雲、小孩或是薰風。我們可以在萬物之中看見我們心愛的人。面帶著微笑，我們對他說：「親愛的，我知道你就在我身邊。我知道你的本性是不生不滅的。我知道我並沒有失去你；你永遠與我同在。」

然後，我回到學校繼續論文書寫。

默默行走時，在學校的紅磚道上，遇見了在外雙溪教我們古典小說的瓊玲老師，她將在晚上進行一場演講。看見她，我腦子裡浮現一包熱情陽光曬成的蘿蔔葉乾，以及一張微微顫動的毛筆字字條……字條上，是父親年邁的筆觸，細細叮囑如何使用這帖祕方……那時，瓊玲老師身體不適求醫未果，於是尋求民間偏方，父親慎重其事包裹妥貼交代我給老師試試。眼前的瓊玲老師，充滿相逢的喜悅，而我竟若有所思閃爍淚光。喜歡創作的人果然心細如絲，沒問我受了什麼委屈，或有什麼難言之事，只說了一句：「老師抱抱。」沒說，比說了還多。

論文終於完成了，可是辦理畢業證書行政程序上狀況頻出，諸多巧合的障礙讓我連連卡關，荒誕情形令人難以置信。我噙著淚水走在學校鳳凰林蔭下喃喃自語：「至少，讓我遇到最想遇到的幾個人吧。」

幾隻麻雀飛過，啾啾啾叫了幾聲，寶春老師從系館走出，正要牽她的腳踏車，我問候了她，她也看見了我，玫瑰綻放般的笑容釋放著鮮亮的熱情，問我論文如何。我抿著委屈的嘴唇，像個孩子般細細碎碎地說著辦理手續目前有問題。她完全沒被我的負面情緒影響，依舊笑得如同春風，爽朗地說：「口考過就是畢業了！我還是要恭喜妳喔！」老師都這麼說了，我還能反駁什麼呢？大不了晚一學期拿到畢業證書罷了。

走入系館，回想著父親住院時，寶春老師二話不說，要我以照顧父親爲優先，治學嚴謹的她，甚至刻意忽視我因爲跑醫院跑補習班跑學校，累到幾次在她課堂上沉沉睡去的無禮行爲。

迎面而來，是氣喘吁吁的敏逸老師，奔忙不停的她鼻尖上還沁著汗珠呢。她問我，妳不是畢業了嗎？我訥訥地回答自己遇到的問題，她很擔心地問會不會影響工作？不會，不過是心事未了罷了。想起口考時敏逸老師用「有血有肉」四個字形容我的論文（我當然知道其實鼓勵大於眞相），又泛起感動的淚光。

朝成老師的研究室到了——當初渴望來府城念書其中一個原因，不就爲了跟朝成老師學習嗎？

想著這些，面對困境的信心逐漸回升了。

然而，多麼希望，父親可以像小時候那樣，當著面說我好棒。

我當然知道，這再也不可能了。

走進視聽教室，找了一個冷僻的位置坐下，準備聽當天的專題演講。倏地，出現一個與父親如此相似的身影，那是第二度念大學時的文字學勤良老師，一個我上課時經常不知不覺將對家鄉父親的思念情感轉移的師長。他說因爲演講者力邀他來補充某一部分，所以不在演講名單上的他來到了此地。

我激動地從座位彈出，恣情喊了一聲：「老師！」六年不見，也許老師已認不得我，但沒關係，我只是想打聲招呼。

勤良老師見了我睜大眼睛嚇一大跳，激動其實不小於我哩。他緊緊握住我的手，力度與溫度，恰似父親。

當他的濃濃客腔一出來，我的心，完全融化了。

「妳怎麼那麼會！」

這是許多客家人在孩子及第時長輩會說的經典語句。

他環顧四周，又看看我，爲我開心的神情，分明是親人間才會有的。

此刻，我還有什麼話好說呢？

我是如此幸運——擁有這麼多好老師，教我學問，教我溫暖，更教我生死。

花語

花朵是天地間飽含療癒力量的一種存在，花的魔力（或者神力），我在童年時便感受到了。

我們家後面是一片水稻田，結穗的時候，濛濛的稻花飄出清香，讓人心安，彷彿預告飯鍋溫熱的米粒將給予人豐年的飽足。大花咸豐草遍布在野地裡，純白的花瓣點綴於翠綠草葉和枯枝稗草間，令人心生憐愛。就連惹人厭的檳榔樹，在開花的季節，也證明了它曾經無邪地擁有著少女般奇特的芳香。還有那夜晚時在幽黑裡伸展出雪白花瓣的曇花，總讓孩子們圍觀它開花瞬間的舞姿並爲之驚嘆。

學校裡也遍滿植物花卉，仙丹花蕊芯滴下來的花蜜讓小朋友們比蜂蝶還饞。長春花的粉紅容顏，即便出現在幾個碎瓦片或苔痕濕滑的屋簷，仍笑臉迎人。鳳凰花在風中翩然飛舞，簡直是鳳蝶化身，壓在書冊裡，可是全世界最浪漫的書籤。放學後常常幾個同學相約，拿著竹棍伸長脖子，敲打綠葉叢中散發香氣的玉蘭花，直到墜落滿地米黃色花苞，才心滿意足地用裙子兜回家。

這些童年印象鏤刻在心坎，以至於長大後在都市生活，只要看到花店，便忍不住駐足，對著玫瑰花、葵百合、桔梗花、向日葵，傻傻地笑。

花是最能表達美善心意的媒介，收到花的人沒有不感受到暖意，花兒們，是天生來帶給別人溫暖的。所以，情人們送花，新娘捧著花，各類盛大活動無不布置滿堂花彩，就連人生歸程也得鮮花相伴。想想，一個喝下午茶的精緻杯盤旁邊，如果沒有一瓶花兒提亮氣氛，那該多麼乏味？

記得念大學的時候，若是天氣特別好，身為陽明山處處有花簇擁的幸福分子之一，心中總激盪著一股感動，這時就會買一束白玫瑰，或者幾朵太陽花，站在山仔后的美軍眷村別墅前，等候第一位相識的友人經過，然後將花送給他（或她）。如此隨機，如此直率，也如此令我開懷，因爲我的歡喜就這樣傳遞出去了。記得有一次是班上最年長的男生，服過兵役的，我對他說，願你的心靈如同白玫瑰，乾淨純潔永遠不老。他笑了，還稱我乖妹妹。另一次遇到剛失戀的女同學，我說，下過雨的天空會更美麗。她也笑了，哽咽著說了聲謝謝。

出社會後，這樣的作風不太適合再繼續下去，但是回校園進修後偶然之間，走到一間花店，看到多肉植物小盆栽，眞是驚喜，實在是太可愛了，又興起傳遞小花之愛的衝動。想到戲曲課老師生日在即，就選了一個長在小推車裡，開著粉紅小花的仙人掌，放在講桌上。

這中間還有段插曲，那位花店的女主人，幫我包裝時，讓我忍不住愣了幾秒。她的手臂上全是燙傷的疤痕，幾根手指也變形了。我該自己打包並找出零錢別讓她收銀麻煩嗎？她看出我的窘迫，堆滿誠摯的笑臉說，沒關係的，我可以。然後兩手互助且巧妙地完成一切。像我這種無法掩飾情緒的人眞是糟糕，讓她看出我的錯愕，但是她仍溫柔地說，妳知道嗎？這些植栽的造型都是我設計的，因爲每天沉浸在唯美的世界裡，讓我在受傷之後不但可以重新站起來，而且更懂得欣賞這個世界的美好。

我捧著小花盆回去的時候，一路上淚光閃閃，原來花的力量比我想像的還要大。

過了很多年，我又走了好遠一段路來到這家充滿生命力的花店，發現已經不是原來的店家了，失神了好一會兒。經濟不景氣讓人們再也不需要食物以外的精神食糧了嗎？那位樂觀開朗的花店小姐，現在會在哪兒工作呢？

外子的車已經抵達要來接我了，見我空手而返，他問：「妳不是說想以一束最脫俗典雅的花供佛嗎？」

「那家花店不見了。」

這時，月光灑一地，微光裡飄蕩著我的嘆息，彷彿滄海已經變成桑田。上網搜尋到一家花店，在學校另一頭，這時，也只得退而求其次。

明亮寬敞的店面和高雅的法國店名，看起來檔次很高，不知道會不會超出預算。哎，既來之，則走進去之。

花牆上，果然都是特別雅致的花卉，它們乾淨整齊從潔白桶子裡探出光采，讓人心情好生愉悅。我很快選擇了藍紫色的星辰花，這花色像是有品味的畫家特別調出的，花形則灑脫不羈拋轉迴旋，讓人聯想到梵谷炫麗的星空。

結帳時，一雙拗曲的手接過我的星辰花，明朗的笑容裡釋出俐落的聲音：「一百五十元。」不知道是價錢合宜還是那清亮的眼睛如此熟悉，心底被隱然觸動，我微微顫抖地問：「妳以前是在東寧路上那家花店工作嗎？」

「是啊！妳見到老朋友了嗎？」

她很幽默，也懂我，因爲我們都閃著淚光。

「星辰花的花語，是永遠不凋零的心！」懂花的她對我說。

從此，我將更懂花了。

種子

種子對我而言一直有種特別親切的感覺，我想這是生長在鄉下的緣故吧！打從有意識以來，周遭的植物都是從種子裡生長出來，然後再長出許多的種子來，就這樣生生不息地繁衍著茂密的綠葉、甜美的果實。而我和其他孩子們，自然而然覺得，天地萬物中的花草樹木都是和我們一起吸收天光、享受雨露的，我們彼此簇擁、互相喜愛，和諧共處。

我曾經和媽媽一起下田，幫村子裡的農家種稻，看著稚嫩的綠苗底下，垂滿帶殼的種子，土黃色稜角分明，甚是可愛。媽媽教我每退一步就插下一株秧苗，我是親自體會過「低頭便見水中天」場景的啊。握在手裡的小苗還有些許泥土的重量，輕輕將它塞進柔軟的泥地，便大功告成了。打著赤腳，腳丫子陷入濕潤泥地的沁涼和柔軟，讓我即便成年後，始終不能忘記水稻田泥土的溫度。

等到稻子熟成，麻雀和孩子不約而同開始覬覦那片金黃稻穗，聰明的麻雀不怕稻草人，啄得可真起勁，古靈精怪的孩子則順手抓了一把穀子扔進鐵罐裡，點燃幾根樹枝讓高溫將稻穀爆得嗶嗶剝剝響，撒上調味料，便是不折不扣的「米香」了。

待農家正式收割時，村裡的孩子必然聚集在這一畦畦的田地上，尾隨割稻機，撿拾掉落的稻穗。我也曾是米勒拾穗畫面中的一個角色啊。彎著腰從結實土壤裡掏出收穫，然後在掌心聚攏成一餐飯食，彷彿開始對家庭有了貢獻，不禁得意地笑起來。

稻子鋪滿村裡的空地，即使風吹來就令人發癢，還是寧願嗅聞稻香，聆賞農夫農婦翻稻浪的細碎聲響。

小小的種子裡頭，究竟藏著多少能量呢？

有一回，不知誰給了一把碩大的龍眼，甜滋滋的汁液在舌尖打滾。凝視圓圓胖胖的果核，捨不得棄置垃圾桶，於是將它拋向庭院，希望它好好地隱身在家中一角。幾年後驀然發現屋角誕生一株龍眼樹，葉子的肌理紋路彷彿戳記著回憶，風吹來，葉子們就抖抖地笑了。是我擲出的籽兒嗎？它竟然愈長愈英挺，在與屋簷齊高的那一年，長出一樹白色花朵然後結成肥嘟嘟的龍眼。

但是，樹大招風，不但蜜蜂蝴蝶小鳥昆蟲都來分一杯羹，過幾年連蝙蝠也來湊熱鬧了，不久樹上掛滿倒吊的黑色身影，簡直成了一棵蝙蝠樹。雖然有人說蝙蝠諧音福會更有福，但是到了夜裡盤旋飛舞的的黑影子倒是嚇人的，而龍眼也漸漸被咬噬得齒痕斑斑屑屑掉滿地，最後只得以鋸掉龍眼樹收場。

童年遠去之後，無邊的綠也一去不復返，城市裡沒有蓊鬱蒼翠，收斂成盆栽的植物們總顯得小家子氣，就連鄉下的庭園，也因爲父母年歲漸大，只好憑藉水泥包覆住惱人的雜草。從此，吃到的果子，多是已化身爲商品，顆顆亮麗細緻卻都失了根的。

寫碩論時期讀梁寒衣老師的《丈六金身，草一莖》，羨慕寒衣老師居處山間，徜徉浩瀚植物國度，有時是紅艷奪目的刺桐，有時是冰清玉潔的桐花，有時是得以薰息粽香的月桃，有時是振翅欲飛的鳥羽松……後來因為採訪有幸與老師結緣，更期盼著和老師同行一段山路，見證她口中說的晚霞照耀在芒草蒺藜與遍地野花的懾人情景。

漫步山林的因緣尚未俱足，倒是鄉下家中半畝泥地上那棵酪梨樹，在颱風肆虐過後僅存的些許酪梨，竟然因為風雨洗禮更顯飽滿光亮。揀選幾顆最圓熟的，裝進帶著香氣的禮盒，填上地址寄到寒衣老師家。

自己種的酪梨理所當然有機，我們家那曾經孕育過芒果蓮霧芭樂龍眼的肥沃土地，滋味絕對美妙。但最美妙的是，寒衣老師捎來訊息，說酪梨吃完後，已經在住家附近埋下種子，待來年開花結果。

靜默裡，感覺到了彼此對緣分的珍惜。

期待那一顆顆碩大結實的果核，時機成熟的一刻，從泥土裡探出頭來，展現巨大的力量。

緣分

人生這回事，究竟該怎麼說呢？

五專人工登記分發志願的年代，報考北區的我，獨自搭著國光號，從屏東鄉下到台北，排在長長的人龍裡，踮著腳尖仰視跑馬燈的各校餘額——世新編輯採訪早已告罄，醒吾觀光有一群人等著岌岌可危。即將輪到我時，還算感興趣的德育護專食品營養僅剩一個名額，深呼吸一口，告訴自己應該沒有問題，誰知，緊緊排在我前面的女生，硬生生把這個缺額給填了去。我傻傻看著跑馬燈無情繼續奔走，感覺一陣眩暈。工作人員見到我可能蒼白到嚇人的臉，充滿同情地喚著：「同學，護理科還可以填啊！」開什麼玩笑？雖然我很崇拜南丁格爾，但是我一看到針筒就發抖，一聞到酒精味就發暈，一看到血就六神無主，怎麼混下去啊？呆了幾秒鐘，未來已然決定。我分發到宜蘭頭城復興工商專校會統科。會統，對我而言，是一個距離遙遠的陌生名詞，但是除此之外就是更像來自外太空的電子電機。

報到那日，沿著一座座山緣，隨火車經過三貂嶺，我看見從溪谷落下來的泉水晶亮透明，涓涓流動在擺動水草和密布青苔的岩壁，頓時覺得涼意上心頭。向左望，藍藍的太平洋漂浮著傳說中的龜山島，好一派遺世獨立的流浪風情。但，我並不是來度假的啊！

不知過了多久，終於從小小的月台出站了，好些拎著行李的少男少女跟我一樣東張西望，才聽內行人說走田埂路能以最快路徑到學校。不過我不想叫它田埂路，寧願說自己走的是「阡陌」，是棋盤田疇中井然有序的小徑，踩踏其中可比擬陶淵明採菊東籬下的詩意情境。

雖然，秋天到來，野薑花飄飛群舞，半透明的花瓣一鼓動就是一縷芬芳，純樸的同學們手拉手一起唱著青春之歌，我的心仍一吋一吋地墜落。我根本就是數字白癡，成天裝模作樣撥算盤珠子，對著橫豎都不理我的資產負債表發呆，青春，是該這樣虛擲的嗎？

由於魂不守舍又經常惡夢連連，室友偷偷跟老師報告，班導師很慎重地跟我談了一下午，進行心理輔導。知道我喜歡文學和藝術，建議轉學念藝校，並且很熱忱地立刻打長途電話跟父親細細溝通。

後來，我眞的投身藝校戲劇科了，就像在缺氧的水缸透不過氣的小魚終於回到淸澈小河，幸運得讓自己以爲是場夢，總擔心太放心會把夢的薄翼碰碎。不過還眞的是什麼花朵得長在什麼土壤，全本八角鼓杜十娘一下子就背熟了，繁麗酷炫的繞口令在舞台上活生生秀了兩回，主演一齣小劇場獨角戲，還參加客家戲曲演出。

畢業後，在中影文化城水族展館打工，心裡一直惦記著繼續求學的夢想。那時，梳著兩個辮子的少女，迴旋在海洋生態的世界，每天欣賞玻璃內翻飛的尾鰭、閃動的魚鱗、追逐水浪的鯊魚、緊緊跟隨鯊魚的印魚、逗趣可愛的小丑魚，還有隨時脫殼蛻變的龍蝦，感覺自己彷彿也是魚族，也在奮力泅泳，但是，何時游向海洋徜徉無盡湛藍水光呢？

在大學錄取率不到三成的年代，學科不夠理想的我終於實現大學之夢時，約莫也病了，絢麗的笑聲總在耳畔，彩蝶般的身影環繞四周，但我就是悵悵然。想起多年前家人幫我算命，那鐵口直斷的半仙叮嚀著，沒念大學的命別逞強啊……可我不管，學術殿堂是我渴求的綠光啊！

幾年下來，諸多不順遂的沉重負荷，終於身心俱疲，只好回到在鄉下的家休養。那時，屋後的小河已經乾涸，灑滿農藥的稻田裡，夜晚時青蛙也不叫不鳴了。整個世界都停擺似的。

直到我的大學同學硬是把我約出去那一天，竟然有一絲絲溫暖漸漸溶解我結冰的世界。

大年初四，失業多時的我穿著同學姐姐給的二手衣裳，踩著一雙磨損得猶如皺紙團的黑皮鞋，面無表情地出席。年輕人擅長呼朋引伴，邀來一大群朋友，聚集在火鍋店吃喝嬉鬧，可是，沒有人注意到這家火鍋店不提供素食，茹素多年的我只得乾巴巴地望著閨中密友，於是她馬上出面幫我說明難處。喧鬧中，感覺有點江湖氣的男子，態度意外溫柔地說可以帶我和閨密去附近的素食餐館。餐桌上閒聊時，發現這位男子穿著比我還不講究，一雙涼鞋都已經舊到失去形貌，簡直像回收場撿來的，我不禁竊笑了。

由於這場聚會實在拖延太久，最後一班公車都過了，還沒人載我去車站。江湖氣的男子果然上道，他說可以開車載我回家。沒想到，他不但載我回到位於鄉下的家，後來還載我到各個想到達的地方，再後來乾脆讓我成爲另一半以便繼續同行。

又是一個年初的好日子，我們去佳冬慈恩寺禮佛，當時拜年人潮已褪去，那時的當家師父與我們在知客室閒聊，闃靜中，忽然一陣委屈排山倒海湧來。「師父，我是個熱衷讀書的人，可是求學生涯卻一路瘡疤，工作也不順利，算命的人說我沒有讀書命啊……」師父笑了，笑聲晞散濕氣，暖聲道：「別人講『命運』，學佛的人可得講『運命』啊！」

漫漶整臉的淚水瞬間收束，眼睛睜得又圓又大，我可以「運命」嗎？

我將大學重新念了一遍，立志勇猛奮戰，更期許可以深觀自己。這回念的是中文系，希望從地基底下，一點一點累積漫長歷史的印記，將經典文字裡的情感與思想深深烙在心底。

考研究所那日天冷得讓腦子不得不清醒，走出白茫茫的重圍，想著，未來能不能撥雲見日呢？

收到錄取通知，我步履謹慎深怕踩碎任何美麗的幻境，所以點著騰雲駕霧似的腳指尖，走向開滿鳳凰花的學府，沿途，感覺麻雀叫得特別響，聲音觸動耳膜，頭腔有了共鳴，於是，穿越清朝留下來的城門後，對眼前景物，開始有了一些真實感。

就這樣，從碩士班念到博士班，一路跟著研究思想的朝成老師學習。總覺得這位老師像親人，很久很久以前就認識了。

果然，我們真的很久很久以前就認識了。

有那麼一天，我邀請老師到屏東科技大學散步，走著走著，都興起推稻草堆的想法，可見骨子裡都滲透著農家本色，不過書生當久了，四體不勤，也都只能自嘲了。忽然想起幾天前在網站上看到老師初任教職，就是我短暫就讀的那所專科學校，而且恰與我停留時間重疊。老師很驚訝，我是怎麼從屏東跑到他的故鄉宜蘭去念書的啊？天知道啊！老師，您當時教哪一科哪一年級呢？會統科五專部一年級。那時我就是會統科五專部一年級生啊，但是有兩班，我忘了自己是哪一班了。

我們都沉默下來。忽然又都笑了起來。

晚餐時間，不久前跟我加 Line 群組的專科同學，因為有人正在閒聊，所以手機響了一聲，咚，鈴聲提醒我，留言提問不就解謎了嗎？請問有誰記得一年級教我們國文是哪一位老師呢？不用焦慮等候，立刻跳出——林朝成老師。我驚呼一聲。接著群組漲潮似地湧入一句又一句的回應——他人很好，印象深刻。他教我們很多東西，獲益匪淺。他曾帶我們去爬山，說他都在山上的寺院苦讀並且進行博士論文。我忘不了他，因為他把我當了……

老師，果然是您，很久很久以前，我去宜蘭讀書的時候，就已經是您的學生了，雖然很多人和很多事都忘了，但是經過這麼久，繞了這麼大一圈，終究還是您的學生。

老師捧著我的手機看，笑得好明亮，他說那是一段無比青春的鄉間歲月，沒想到剛出道時教的學生們，竟然這樣接上線了。

我們一直笑著，實在沒有任何言語抵得上這麼妙的情境啊。

寫給您

那一天，我們第一次在浪漫的場景喝下午茶，窗外海浪激得很高，天空是一片風起雲湧的狀態。但是屋子裡是寧靜的，天花板上垂下姿態不同的乾燥花，藤編的桌椅顯得格外悠閒，角落還斜倚著幾把練習用的大提琴。您問我，爲什麼喜歡喝下午茶？我的心抽了一下，因爲在我的記憶裡，長大之後，您再不曾問過我爲什麼。

我抓不到精確的語彙，隨意地說，就是可以發呆啊！您說，對您而言，在自家門口和熟悉的朋友聊天，才是最喜愛的事。

我當然知道，每天晨曦剛照進家裡的花園，地瓜葉攀爬得更遠，九重葛桃紅色的花蕊以更高的視野望著剛甦醒的村子，寂寞的您就開始期待敲碎寂靜的腳步聲到來，通常會出現幾個從不缺席的老人家，偶然會有卽興加入的同輩，於是您們就一起坐在敞亮的簷廊底下，看著街道上的自行車不知往哪去，欣賞著充滿活力的年輕鄰居開始勞動，分辨眼前大武山的神色是否和昨日微微不同。

您最期待的其實是週末時我的出現，您的目光會跟著我的動作游移，微笑在點亮的眼神底下跟著閃閃發光。長者們總是會打量我，說我變胖或變瘦，那些句子幾乎沒有什麼變化，但是誰都不會厭倦，因爲每個日子總有那麼一些細微的不同，細微的新鮮感，像是我的裙子變得有點緊繃，或者頭髮又長長一些。

廚房飄出飯香，我衝上前打開鍋蓋像鏟雪者一樣奮力挖掘雪白的飯，您會叨念著說我沒規矩，問我眞有那麼餓嗎？但是彎彎的嘴角，明明那樣甜蜜。看著我滿足地吃著您親手炒的菜，頓時飯廳不再空蕩蕩，有人陪您吃飯，而且那麼愛吃您做的飯，就算寒流來襲也變得溫暖。

記得小時候我抱怨剛煮熟的飯好燙，您說，熱呼呼才好。後來，飯涼了，我吵著，都是冷飯，您說，涼了才好吃。我覺得您也太健忘了，完全忘記自己上回講的話，忍不住哈哈大笑。但是，我竟然不知不覺吸取了這樣的生活哲學，長大後不管遇到什麼困境，都覺得其實一切是恰到好處的。

後來，您不再能夠爲我煮飯了，虛弱的您坐在客廳將您瘦小身軀包裹起來的椅子上，要我將炒好的菜端給您品嚐。從前您很喜歡看傅培梅的節目，也在小學煮了幾十年的營養午餐給孩子們吃，烹飪一直是您熱愛的生活重心，拿起鍋鏟就像舞台上的戲曲演員拿起長槍或馬鞭，勁道十足地奔馳在點石成金的世界。八旬的您，嚴肅認真地咀嚼我的作品，然後點點頭說，不錯。

您走進房間拿出一個鐵盒，那是您外孫外孫女吃完剩下來的乖乖桶。打開時金屬的鐵蓋發出輕微的碰撞聲，像是來自遠方的鐘聲。您粗糙的手撈出赭紅絨布包裹的一條項鍊，順道也觸探了一下封藏在另一個喜紅色裡的黃金手鐲。我當然知道您的用意，故作輕鬆說，放在這個桶子裡小偷絕對不會想到要偷的。您難得不理會我的幽默，矜重地說，這些是給妳們的紀念物，要妥善保管。

我想起自己爲什麼莫名地鍾愛鐵盒了。因爲任何伴手禮或喜餅盒，只要是堅固的金屬打造的，您都會收藏起來，拿它們來放些小東西，盒子裡就這樣生成一個神妙奇幻的世界，何況鐵盒總是有著美麗的圖案，往往有著充滿異國情調的風光。我小時候最愛的莫過於丹麥奶酥的盒子，吃完會有淡淡的奶香，盒子外戴著高帽的御林軍，就像胡桃鉗故事裡面的玩具兵那樣可愛。有時也會獲得鑲著宮廷貴族風格金邊，繪著金髮少女和穿著蓬蓬裙貴婦的稀有盒子，遙遠國度的想像讓我癡迷。但奇怪您現在竟沒得選擇其他浪漫的盒子，那樣在乎美感的您，這些年只保存收納空間較大實際功能較佳的乖乖桶。可能是這些年不再流行古典感的金屬盒子了，舊的鐵盒也早已鏽蝕斑斑，普普風的紙盒、隨手扔棄的塑膠包裝，更方便也更普遍。

忽然，您充滿歉意凝視我那麼片刻，「妳一直是個替我解憂帶給我快樂的孩子，但是，我卻從來沒問過妳，妳有沒有悲傷的事……」然後焦急地問：「還有，如果有人欺負妳怎麼辦？妳怎麼辦？」我神祕地笑，騰出一個略為漫長的全音休止符，像個早已經胸有成竹準備好靈槳的魔術師，輕巧地回答：「那我就對那個人更好。」

您舒緩一口氣，閉上眼睛，然後安然躺在藤椅上，嘴角釋出深度慰藉。此刻不須再對話，就像靈山會上的佛陀與迦葉拈花微笑心心相印一樣。您的身教，早已在我的八識田[2]生了根，還有什麼可憂心？

您在病床上的時候，見到我出現還是綻放悠長笑容，像童年時每個下午我放學回來的表情那樣。有一天像是偷偷跟我講什麼祕密似地說，我們去東京的那次旅行是生平中最有意思的一次。我很驚訝，怎麼會呢？您不是和爸爸出國好多次，您們不是熱衷看老建築古文物？「那是妳爸爸愛看。」這麼簡潔的答案，裡面並沒有隱藏懊悔，倒是傾瀉了爲對方忘掉自己的愛情況味。原來，我也從來沒有深刻了解過您。「我喜歡城市的光鮮，喜歡東京的繁華，特別是，迪士尼樂園好美，我看過無數次美女與野獸的故事，好讓人感動。」您的眼睛閃閃發亮，我知道這完全都是眞心話。

原來，浪漫是會遺傳的。

---

2 佛教的唯識學將最深層的意識稱作第八識，後來佛洛伊德說的潛意識與此有相似之處。參見吳汝鈞：《唯識學與精神分析：以阿賴耶識與潛意識爲主》（台北：台灣學生書局，2014年）。

您說，告別式的時候，可以有一段優雅的音樂嗎？我說，當然，二胡和古箏好嗎？爲您旅程餞別的時刻，一定要莊重唯美。這是我給您的承諾。

回程，我騎著機車，風瘋狂吹著我的臉，湧出的淚糊了整個顏面，啜泣的聲波，早已經被車流吞噬。在您面前，我必須是個無憂的孩子。苦澀如地底噴泉暴漲，我愈騎愈快，淚像斜打的雨，漫無止盡，我聲嘶力竭地，吶喊著，把一切無法傾吐的，還諸天地。

一輛公車擦身而過，車身上面是一幅雷諾瓦的畫。存留在我視線，是一行跟隨著畫的話——痛苦會過去，但是美會留下。

想起您說，只要看到我，就可以打從心裡微笑。我想，這已然是我今生最值得珍藏的桂冠。

假日，倫敦的海德公園很歡樂，到處是野餐的人群。這裡是我們剛剛走進這個城市的第一個場景，第一個印象。如此生澀的我們，帶著可能發現什麼的微波蕩漾，穿梭在不同膚色不同人種的世界。參天巨木，無盡綠林，以及蔚藍的天空——公園竟然可以像鄉村田野這樣深廣（公園外面可是最熱鬧的牛津街啊）。

戴著美國國旗三角錐帽的那些少女們，打開可口可樂罐子冒出青春洶湧的氣泡，嬉鬧的聲音像浪潮，我的貝殼耳朵吸納著她們的歡愉，迴旋著高能量的生命力度。包著各種顏色頭巾的穆斯林，像一朵朵彩色的雲，神祕飄逸地與我們擦肩而過。接著，愈來愈多人加入這個青蔥的草地，她們頭上繞著花環，花朵與草葉在金色褐色咖啡色的頭髮上舞動，許多人手裡揮著瑞典藍底金色十字的小國旗唱歌，原來是慶祝仲夏節，那是一個古老傳統迎接溫暖來臨的慶典。

然後，我們漸漸熟悉這個看似冷淡，其實包容的城市。米黃色的建築群前面，紅色雙層巴士來來往往，最經典的紅色電話亭總是有著假裝打電話拍照的觀光客。在晴天的倫敦閒晃是莫大的幸運，不必規劃非得要走到哪裡，每個角落都可以溫柔地回收疲憊，轉換驚喜。也許相遇一個精雕細琢的鍍金招牌，也許是創意十足的美麗櫥窗。走累了，就喝一杯茶，加上一些甜點。即便像我們這樣非素不可的旅人，也隨處都能找到維根符號的餐點（雖然我們僅是vegetarian），簡直像天人一樣無憂無慮。

當然，觀光客也有觀光客的使命，代表性的文化不得不收編欣賞。白金漢宮的皇家禁衛軍莊重卻不失詼諧的調性，讓我像粉絲追逐偶像般在風中站立三小時，精神抖擻的銅管樂隊讓心靈大爲振奮，毛茸茸高帽子更讓軍隊增添了幽默童趣。童年時凝視的御林軍圖畫，在眼前全成了活生生的男子漢。看著軍隊漸行漸遠時竟然那樣捨不得，奔向他們的背影猛按快門。當傳說或是想像，變成眼前的現實，才知道什麼叫做讀萬卷書也得行萬里路。

就像是，梵谷的向日葵，黃澄澄亮閃閃綻放在我眼前，那些印在書冊上商品上的複製畫，才終於立體起來。特別是在受夠了疫情期間一切遠距的折騰，這樣親近一幅畫，一幅出自畫家靈動筆觸的畫，讓我回到至美的眞實，這眞是一種無價的感動。

當我們暫時離開城市，坐著火車前往郊區的劍橋，鋪撒在面前的是一片又一片的麥田。無人耕種的草原，牛群馬兒點綴其間，隔一段時間就會出現的紅磚村落讓流動的場景有了沉穩的居家氣味。抵達一流學府，建築與街道，相偕釋放典雅莊重的氣氛，即便康河總有人遊船，嘩啦啦的笑語也都很快就被廣漠天地稀釋，呼吸的氣息還是安靜的。金柳水草飄搖，木製的船隨著長篙前行，詩意的畫裡竟然有一個自己。

回到倫敦，我們並沒有投入繁華，寧願坐在攝政公園的木椅，聽著知更鳥唱歌（我並不懂鳥聲，但是童話故事常出現知更鳥啊）。這時候我只想放空，在經歷了人生許多起伏的浪，只想靜靜地看著垂柳下靜靜的湖面。偶爾會傳來花香，將出神的我喚醒。啊，人生如果就這麼安靜多麼幸福。想著想著，不知不覺在微風中打起盹來。

國家圖書館出版品預行編目資料

盒子／劉吉純著. --初版.--臺中市：白象文化事業有限公司，2024.7
面； 公分
ISBN 978-626-364-384-0（平裝）

863.55 113008277

盒子

作　　者　劉吉純
校　　對　劉吉純
發 行 人　張輝潭
出版發行　白象文化事業有限公司
412台中市大里區科技路1號8樓之2（台中軟體園區）
出版專線：（04）2496-5995　傳眞：（04）2496-9901
401台中市東區和平街228巷44號（經銷部）
購書專線：（04）2220-8589　傳眞：（04）2220-8505
專案主編　林榮威
出版編印　林榮威、陳逸儒、黃麗穎、水邊、陳媁婷、李婕、林金郎
設計創意　張禮南、何佳諠
經紀企劃　張輝潭、徐錦淳、林尉儒
經銷推廣　李莉吟、莊博亞、劉育姍、林政泓
行銷宣傳　黃姿虹、沈若瑜
營運管理　曾千熏、羅禎琳
印　　刷　百通科技股份有限公司
初版一刷　2024 年 7 月
定　　價　250 元